순간의 젤리

시작시인선 0220 순간의 젤리

1판 1쇄 펴낸날 2016년 11월 1일
지은이 천세진
펴낸이 이재무
책임편집 김연필
디자인 이영은
펴낸곳 (주)천년의시작
등록번호 제301-2012-033호
등록일자 2006년 1월 10일
주소 (04618) 서울시 중구 동호로27길 30, 413호(묵정동, 대학문화원)
전화 02-723-8668
팩스 02-723-8630
홈페이지 www.poempoem.com
이메일 poemsijak@hanmail.net

ⓒ천세진, 2016, printed in Seoul, Korea

ISBN 978-89-6021-300-5 04810
    978-89-6021-069-1 04810(세트)

값 9,000원

*이 책 내용의 전부 또는 일부를 재사용하려면 반드시 저작권자와 (주)천년의시작 양측
  의 동의를 받아야 합니다.
*잘못된 책은 바꾸어 드립니다.
*지은이와 협의 하에 인지는 생략합니다.
*이 책의 국립중앙도서관 출판시도서목록(CIP)은 서지정보유통지원시스템 홈페이지(http://
  seoji.nl.go.kr)와 국가자료공동목록시스템(http://www.nl.go.kr/kolisnet)에서 이용
  하실 수 있습니다.(CIP 제어번호: CIP2016025062)

순간의 젤리

천세진

천년의
시 작

시인의 말

  모든 눈이 시력을 잃어도 음화淫畵는 번성하고, 모든 혀
가 맛을 잃어도 밥집은 문 닫지 않는다. 어느 독재자는 모
든 양식이 쓰임을 잃어도 사라지지 않는 세상을 꿈꾼다 했
다. 끝까지 제 양식이 쓰임이 있음을 강변하다니! 눈을 잃
고 음화를 응시하고, 귀를 잃고 새들의 노래를 들을 것이
나, 나의 양식은 쓰임이 없을 것이다. 오래 묵혀 토해낸 것
들조차 잃은 것들과의 대화였다.

  어둠의 날개들이 퍼덕이는 동굴을 빠져나가는 중이었
다. 어느새 사랑하는 아내 은경, 희은, 훈범 두 아이가 곁
에 있었다.

차례

제1부

명사를 잃어가는

그이가 많이 아프고 병원에 갇혔다기에 만나러 갔다 장롱 속 깊은 곳 배냇저고리 안에 잠들어 있는 아이를, 신혼도 없이 시린 타향살이를 견디던 단단한 구릿빛 어깨를, 깊고 깊어진 주름 계곡의 눈물을 끄집어내어 증오로 바꾸는 독성을 내뿜는다는 병명이 적혀 있었다

어디가 얼마나 아프냐고 물으니, 자꾸 말을 되뇌었다

"명사가 사라지고 있어. 매일 세 번 먹는 저 작고 동그랗고 길쭉한 독 무더기들의 이름이 기억나지 않아. 사람도, 도구도, 음식도, 풀과 꽃의 이름도 기억나지 않아. 낯빛과 몸의 흔들거림으로 독이 있는지를 알아보지. 네 이름도 잊었어. 네 몸의 기운으로 네가 주변의 것들을 어떻게 만지작거리고 일그러뜨리는지를 가늠하지. 너는 아직 내 이름을 기억하고 있을 테니, 나의 독성은 네 입을 통해 전파되겠지."

"이름을 새로 지어주지 그러세요."

"무슨 의미가 있겠어. 어차피 잊어버릴 거고, 내가 지은

13

이름은 세상엔 없는 이름이라 어떤 독성도 알아볼 수 없을 텐데. 그건 이름을 갖기보다는 갖지 않아야 하는 이유야."

순간의 젤리

여자가 펄럭이는 분홍 시스루 스커트를 움켜쥐고 육교 계단을 오르고, 아이 손에서 바닐라 아이스크림이 녹아 떨어지고, 비뇨기과 주사실에 엎어진 사내의 엉덩이에 손바닥이 내리쳐진 순간

국회의원 보좌관이 공천 대가를 챙기고, 재벌 2세가 운전기사의 뒤통수를 날리고, 군수가 5급 승진 대상자 평가 점수를 바꿔 치고, 기획사 대표가 아이돌 걸 엉덩이를 움켜쥐고, 발에 채인 태권도 선수가 한 점을 얻고, 30대 대리가 50대 대리점 점주에게 '씨발놈아 뒈질레'를 뱉는 순간

〈생활의 달인〉에 출연했을 법한 요리의 대가가 절묘한 칼솜씨로 순간을 단칼에 떼어내어 투명 젤리에 잽싸게 휘저은 후 냉동실에서 숙성시켰다 꺼내자 공전의 히트요리 '순간의 젤리'가 탄생했다

전문가마다 색깔이 다르다 했다 분홍 시스루 스커트, 바닐라 아이스크림, 얻어맞은 엉덩이 색깔이라 했다 누구하나 양보가 없었다

전문가마다 맛이 다르다 했다 3억 원, 뒤통수, 엉덩이, '씨발놈아 뒈질래'의 맛이라 했다 맛에 대해서도 양보가 없었다

전문가마다 올챙이 시절부터 씹고, 뜯고, 핥고, 삼킨 분야가 있고 그 바닥에도 예법이 있어 상대의 영역을 넘보지 않는 것이 예의

원재료들도 칼잡이 세계의 도법으로 잘라낸 것이었다 칼잡이마다 잘라내는 순간이 다 달랐다

품평회장 밖, 여자가 펄럭이는 파란 시스루 스커트 자락을 움켜쥐고 육교 계단을 오르는 순간

거대한 샘을 찾아

위대한 그리오[*]가 가리킨 곳으로 오래 걸어갔다 세상의 모든 근원들이 흘러든 거대한 샘이 있다고 했다 무수한 실개천을 만났다 같은 곳을 향하여 서로 다른 얼굴로 흐르고 있었다

두 개의 바위틈을 지나 청춘을 찾은 뱀[**]이 지났던 길로 온 개천은 질펀한 땀내와 밤꽃 향 가득했다 얼음과 눈, 진눈깨비가 버무려진 변방을 흘러온 개천은 남의 땅에서 죽은 전사자들의 인식표를 가득 품고 있었다

향수와 화장품을 덕지덕지 바르고 절벽과 마천루에서 떨어진 비명을 챙기고 예술과 폐기를 구분할 수 없는 고물상을 사막의 돌무더기 사이를 나무숲 사이를 지나온 개천

습지를 지나온 개천은 개구리들을 미처 떼놓지 못했다 실려온 개구리들은 샘이 가까워지자 혼인철이 아닌데도 정신없이 울어댔다 독초들 사이를 흘러온 개천도 있었다 물맛은 썼고 물을 마신 이들은 너나없이 몸이 튼실해졌다

마침내 샘에 도착했다 너무 깊고 넓어 끝이 보이지 않았

다 세상 모든 곳으로부터 모든 시간으로부터 흘러든 실개천
들이 샘을 이루고 있었다

위대한 그리오는 누구도 샘의 정수를 맛볼 수 없으리라
했다 냄새도, 색도 알아볼 수 없을 것이라 했다 실개천들
은 생겨난 곳의 맛, 냄새, 색 어느 것도 잃지 않았다 하나
도 섞이지 않았다

샘물을 떠낸 바가지에 몇 개 실개천이 담겼다 정수를 마
시려 이리저리 휘저어 뜨면 좀 더 많은 출처와 시간의 실개
천이 담겼다

● 아프리카의 암송역사가. 『뿌리』를 쓴 알렉스 헤일리는 늙은 '그리오'
  가 암송하는 마을의 역사에서 자신의 조상 '쿤타킨테'의 존재를 확
  인했다. 그리오가 암송하는 역사에는 해석이 개입되지 않았다.
●● 박인환의 「목마와 숙녀」

푸른 짐승들

골짜기와 들판 가득 푸른 짐승들이 안전거리 없이 날뛰며 돌아다녔다 살짝 어깨라도 부딪히게 되면 피 튀기는 싸움이 일고, 상대를 씹어 삼킬 때 흘러내린 피가 넘치고 넘쳐 푸른 피의 웅덩이가 땅을 덮으며 점점 커져갔다

끝내는 핏물에 잠겨 죽을 것이 염려되어 타협과 조정 끝에 선 자리에서 더는 움직이지 않고 다른 짐승의 영역을 넘보지 않기로 했다

멈춰 선 자리에서 다리를 흙속에 묻고 가늘고 긴 여러 가닥의 뿌리로 변신하여 살아남았다 뿌리를 피웅덩이에 잘못 내리기도 했다

사냥한 살덩이를 핏물 뚝뚝 흘리며 삼키던 식성을 바꾸기까지 그 어떤 종교의 구도도 뛰어넘을 수 없는 처절한 인내가 뒤따랐다

인내심이 약해 파계한 것들도 다리가 뿌리로 변한 탓에 겨우 파리나 벌을 사냥할 뿐

이리 저리 길길이 날뛰고 교미하고 사냥하던 푸른 짐승들 날뛰던 살의의 상상력 대신 형형색색의 성기를 드러내어 동물들 중 가장 가벼운 정액을 지금 허공으로 뿜어내고 있다

푸른 짐승들의 시

허무맹랑하게도 나무들도 언어를 갖고 있고,

없다고 믿는 게 더 허무맹랑하지 않아?

시를 읊을 수 있고,

당연한 거 아냐? 인간의 시가 어디에서 왔겠어?

나무들의 시에도 각운이 있어,

*아, 그랬어! 숲속에서 들었던 시들은 운을 갖고 있었어
그걸 눈치 채지 못하다니……*

운을 따라 흐르는 바람의 춤은 낯익었고,

나무나라의 민속춤이었을 거야

바람에 실린 노래도 낯선 듯 낯익었지

우린 영원히 나무의 운을 표절하고 있는 거야!

바람 속에서 태어난

번쩍이는 것을 쫓아 한 곳에 모여든 것들이 자신의 무게를 증명하기 위해 난장판을 벌인 탓에 한껏 가벼워진 곳으로 태초의 바람이 득달같이 불어갔다

전문가들은 도널드 트럼프가 바람의 자식이라고 했다 나폴레옹도 도널드 덕*도 히틀러도 그 바람 속에서 태어났다 한 배의 피를 나누었다

새로운 바람이 태어났다고 믿은 것은 이편과 저편의 무게가 잠시 맞추어진 것일 뿐 전문가들이 그때그때 제멋대로 이름을 붙인 것일 뿐

바람의 서정을 말했다 벗어버린 각질이 창틀마다 하얗게 쌓인 걸 보고 떨어진 이파리 뒷면에 알 수 없는 발자국이 찍힌 걸 보고 바람의 무게를 알 수 있다고 했다 꽃향기 가득한데 꽃 한포기 보이지 않는 걸 보고 모든 걸 머금는 관용의 몸을 가졌다고 했다

바람 속 무수한 형상들
서정도 광포도 음란도 하나의 이름일 뿐

바람은 오늘도 이름 하나를 얻을 것이다

● 도널드 덕: 디즈니 만화영화의 주인공. 1934년 「미키의 연극 구경」으로 데뷔. 자기과잉과 장난을 잘 치고 화를 잘 낸다는 특징을 갖고 있다.

한 말씀 하시다

이 세상에서 저 세상으로 연결된 거대한 다리를 건너는 것은 일부에서 일부로 전전하는 거라네

콘크리트를 부어 만든 다리가 아니란 것쯤은 자네도 알 거네 오랫동안 사방의 석산에서 포석들을 구해다 잇고 이은 다리라네 지금도 조금씩 넓어지고 있다네 사그라다 파밀리 아●는 비교도 안 되지

신발이 포석을 두들기는 소리로 세상을 듣고 그 소리에 맞춰 춤을 추고 노래를 부르며 다리를 건너는 거라네 오늘 아침에 상여를 메고 가는 행렬을 만났네 다리를 온전히 건 너는 것만도 쉽지 않은 일이네

거대한 다리가 노래하는 걸 들은 적 있나? 누군가는 거대 한 빙하가 바다 속으로 허물어지며 내는 탄식처럼 들렸다던 데 믿을 수는 없네 나도 들은 적이 없네

내리는 눈을 보았나? 모양이 모두 같다던가? 미시 없는 거시는 없다네 다리를 건너는 건 몇 개 포석을 딛는 일이 라네 다리를 건너는 걸음의 수가 자네가 이해한 다리라네

거시 없는 미시는 또 무슨 소용이겠나 다리를 건너고도 다리 모양을 모른다면 그것도 허망한 일이네 고개를 들고 잠시 쉬는 때가 있어야 하네

다리 전시회를 가보았나? 몇 개 돌들 위에서 바라본 황혼이 갤러리에 가득했네 세기말이라 부른다더군

관객들은 숨을 죽였고 비평가들의 입은 춤을 추었네 아깝게 되었네 자네도 보았으면 좋았을 걸 몇 개 포석들의 세상이었네

● 사그라다 파밀리아: 안토니오 가우디가 1883년부터 건축을 시작한 대성당. 가우디는 1926년 사망했으나 대성당은 아직도 건축 중이다.

한 여인이 오래도록

산 너머 골짜기 작은 마을
마을에서 떨어진 외딴집
아주 작은 공간
티끌 같은 공간

한 여인이 오래도록 베를 짰다

아이들
여인으로부터 흘러나간 아이들
온 세상에 퍼진 아이들

한 여인이 오래도록 베를 짰다

아이들이 들어서며 밀린 공간
밀린 공간에 남은 흔적
밀린 공간으로 밀린 공간
밀린 흔적으로 궤도 틀어진 흔적

한 여인이 오래도록 베를 짰다

지나간 것들의 얼개

다가온 얼개

다가올 얼개

한 여인이 오래도록 베를 짰다

거미줄

흔들리는 숲

다시 짜이는 한 세계

한 여인이 오래도록 베를 짰다

매달려 흔들리는

검은 구름이 하늘을 덮자 가장 검은 지점에서 섬광이 번득이고 구름이 갈가리 찢겼다

찢긴 하늘로부터 무수히 가는 선들이 내려와 산, 강, 건물, 나무, 풀, 질주하는 차, 경악한 얼굴, 안도한 얼굴, 흘레붙던 얼굴을 움켜쥐었다

새로운 도시가 만들어지자 이전의 도시에 공동이 생겼다
공동을 메우기 위하여 뉴욕 쌍둥이빌딩에서 추락하는 얼굴들
무수한 경악
이라크 전장의 얼굴 날아간 주검들
무수한 안도
세계의 감정에 불균형이 생길 때마다
흔들리고 끊어지는 모빌

선이 끊어지자 매달렸던 것들은 즉시 폐기되고 새로운 선이 내려와 조종할 것을 낚아챘다

호박도 코끼리도 마천루도 땅에서 자란 것이 아니었다

인간이 태어난 자궁은 지상에 없었다 하늘을 향해 목을 쳐
드는 것은 모빌의 끝에 있을 태초의 자궁에 한 뼘이라도 다
가서려는 것

　검은 하늘이 갈가리 찢겼다 섬광이 번득였다
　아무 선도 보이지 않았다

　흔들리고 있는 수천 개 탈의 출처인 표정들 불안의 얼굴
들이 옹기종기 모여 보이지 않는 선을 볼 수 있는 지혜를 얻
었다는 눈먼 자의 말을 경청하고 있었다

　모든 것이 매달려 흔들리고 있었다

수만의 신들을 지르밟고

아스팔트가 끈적끈적 녹아 있는데
뜨거운 보도 위를 홀로 걷는
개 한 마리가
신神들 수만 명의
힘을 가진 듯
이글거리는 태양 속으로 몸을 밀어 넣었다

수만 개 이글거리는 붉은 혀가
보도에서 혀를 널름거리고
굉음을 내며 연이어 달려드는 차들이
끌고 온 열기의 혀들이
보도에서 이글거리던 혀들과 뒤엉켜
개의 몸을 회오리로 감아올리려 했다
개는 그때마다 옆으로 한 발 비켜서며
수만 개 붉은 혀에 몸을 내주고 있었다

개가 가는 길은 무신無神의 길
어느 신도 저 뜨거운 혀들을 식히지 못했다
어떤 기도도 저 붉은 혀들과 맞붙어
오아시스를 세우지 못했다

달아오른 발바닥은 그늘과 개울만이 달랠 수 있지만
그늘과 개울은 신의 이름을 부르지 않는다

홀로 걸어가는 개는
아우성 지르는 수만의 신들이 끈적끈적 녹아 있는
뜨거운 길을 지르밟고 나아가고 있다
감내하는 것이야말로 신의 힘
덜 자란 힘들은 비명과 함께
치덕거리는 살을 보도에 남겼다

개는 침 몇 방울을 더 흘렸다
보도에 떨어진 침이 치직,
붉은 혀 속으로 사라지고
개는 같은 보폭으로 계속 나아갔다

● 찰스 부코스키의 「개」에서 인용(『사랑은 지옥에서 온 개』, 황소연
역, 민음사, 2016).

무덤으로 돌아오는 코끼리들
—소리의 근원

젊은 코끼리들은 오십 걸음쯤 앞에서 바싹 마른 모래를 열기로 후끈거리는 몸에 끼얹으며 피어오르는 먼지 속에서 어미를 초조하게 바라보고 있었다 첫 새끼를 낳은 암코끼리는 안절부절 못했다 젖은 말라버렸다

어미는 뼈들을 하나, 하나 살뜰하게 어루만졌다 둥글고 육중했던 기둥, 나무를 치받아 쓰러뜨리던 머리, 거친 풀을 씹어 삼키던 이빨

늙은 어미는 아직도 머무르고 계실까

늙은 어미는 수 년 전 이곳에서 쓰러졌다 무릎이 꺾였다 울부짖지 않았다 눈빛이 흔들리지도 않았다 더는 일어설 수 없게 되자 무리를 재촉하여 서둘러 떠나게 했다 지독한 계절이었다

다시 돌아올 수 있을까 뼈무덤과 조바심에 서성이는 가족을 마지막으로 살핀 뒤 어미는 무거운 발걸음을 떼기 시작했다 무리는 활활 타오르는 아지랑이 속에서 코를 휘저으며 떠미는 영혼을 보았다

태양은 영혼을 얼마쯤 말려버릴까
모래바람은 영혼을 얼마쯤 덜어낼까

뼈 무덤에 다시 풀이 돋아나는 계절
축축해진 바람 속으로
골骨피리 소리가 퍼져갔다

멀리 점 하나가 나타났다
점은 여러 점이 되었다
여러 점은 코끼리 무리가 되었다
어미 코끼리가 선두에 서 있었다

어떤 역서曆書도
저 오랜 골피리 소리의 회귀를
운명의 괘卦로 만들어두지 않았다

문장을 떠나보내다

새로 배운 자수기법으로 새로운 양식의 문장을 짰다

고 생각했으나 문상들 안에는 모두가 올랐던 같은 바위 위에서 절창의 문장을 토해냈던 몇몇 천재들의 묘비명을 피해 음습한 곳에서 문자를 새기다 횡사한 3,725명의 시인들이 만들었던 부끄러움이 들어 있었다

내일은 7,250명의 시인들이 짰던 자수기법으로 문장을 짜게 될 것이다

누대累代의 기법으로 짠 문장들로는 제대로 서까래를 올릴 수도 바람을 막을 벽 한쪽도 세울 수 없다는 것을 끝내는 알게 된 것인데 바람에 자꾸 문장을 실어 보내는 것은 그 때문이다

새로 짠 문장들도 애초에 바람에 실려온 것이었다 띄엄띄엄 도착한 것들로 꽃잎 난만 한 시절의 백일홍처럼 붉은 베옷을 짜려던 것이었으나 문장들을 주워 맞추기만 했지 함께 실려왔을 한숨과 향기, 몸을 바삐 따라가지 못한 그림자를 더해야 했다는 것은 미처 깨닫지 못했다

앞서 문장을 바람에 실어 보낸 이들도 뒤늦게 깨닫고 다음 바람에 실어 보냈을 것이나 어김없이 바람이 한 차례 더 지나가고 난 뒤에야 깨닫는 것이다

문장 없이 바람에 실려왔던 한숨, 향기, 그림자는 끝내 몸에 맞는 베옷의 문장을 얻지 못하고 다시 떠났다

바람 가는 쪽 하늘이 베옷빛으로 환해졌다

제2부

기둥과 혀들이

폭풍우의 시절이 다시 시작되었다
굵은 빗방울들이 길을 낱낱이 파내고
길이 있던 자리 바로 옆에 새 길을 냈다

폭우를 피하여 단단한 지붕 밑으로 숨어들었다
하늘을 가린 거대한 대리석 기둥들 사이였다
기둥들은 저마다 다른 결로 길을 가리키고 있었다

혀들이 길에 널려 있었다
혀들이 기둥의 결을 갖고 있었다
혀들이 모인 곳마다 번제의 불길 끊임없이 타오르고
혀들이 타오른 향에 몸을 적시고 있었다

혀들이 핥고 지나간 곳에는
돌연변이가 태어나지 않는 변이가 생겼다
돌연변이로 태어난 것들도
거친 혓바닥으로 몇 번 핥으면
기둥의 결이 새겨져 온전해지고
새겨지는 동안을 버티지 못한 것들은
혀의 독기에 녹아버렸다

혀들이, 혀들이
기둥의 유전자를 가졌다!
있을 수 없게!
혀들이 기둥과 흘레를, 흘레를……

피난의 계절이 생의 전부가 될 수도 있었다

교차로를 지나간 3%

아침이 되자 머릿속 온갖 톱니바퀴들이 삐걱, 삐걱거리며 제가 맞출 톱니들을 찾기 시작했다

톱니들이 하나, 둘 어제 맞물렸던 톱니에 몸을 끼우자 끊겼던 기억들이 다시 살아나 이어지기 시작했다

어제의 기억이 버퍼링되었다 5%⋯⋯ 10%⋯⋯ 20%⋯⋯ 30%⋯⋯ 45%⋯⋯ 67%⋯⋯ 88%⋯⋯ 97% 완료 3%가 소실되었다

어제 오후 1시 30분, 기억은 교차로를 스캔하며 지나갔다 여자가 개를 안고 건넜고 커피숍에 앉아 있던 남자가 전화를 받고 급히 길을 건넜고 차 한 대가 빨간 신호등이 켜진 교차로를 쏜살같이 지나쳤다

교차로를 지나간 3%는 콩나물처럼 쑥쑥 자랐다 여자는 그날 저녁 애인에게 두들겨 맞아 응급실로 실려갔고 남자는 골목 끝 모텔 402호에서 내연녀를 만나 그녀 남편 앞으로 생명보험가입서 5개를 작성한 뒤 교미를 했고 질주한 차는 그날 저녁 음주 단속을 피해 달아나다 경찰을 치었다

어제 오후 1시 30분 교차로를 지나갔다 기억이 성장하여
주렁주렁 열매 맺었는데 개를 안은 여자 내연녀를 가진 남
자 과속을 한 남자의 톱니는 맞춰지지 않았다

기억을 맡겼다

맡겼던 상태로는 되찾을 수 없다고
보상은 없다고 했다

기억에 독한 세제를 붓고
사정없이 두들기고 주물럭거려 거품을 일으켰다
세탁한 기억을 옥상에 널었다
새가 날아가며 똥을 누었다
기억의 한쪽이 누렇게 변색되며 말라갔다

기억을 꾸었다
처음 보는 곳이었다
처음 보는 곳이 아니었다
히말라야 산맥이라고 생각했다
기억의 산을 넘는 일은 지옥 같았다
기억의 산들은 형상이 다 달라
하나의 산에서 배운 방법으로는
다른 산을 오를 수 없었다

어느 기억은 사면이 모두 날카로웠고
어느 기억은 눈이 내리고 있었다

편안한 기억은 오래 지속되지 않았다
눈사태가 산을 오르던 기억을 순식간에 쓸어버렸다

기억이 만들어진 때가 있었다
땅이 흔들렸다
여기저기서 붉은 기억이 용솟음쳤다
점점 더 많은 기억이 분출했다
기억이 기억을 분출했다

독수리에게 위탁한 기억
허물어진 건물에 위탁한 기억
죽은 사내에게 위탁한 기억

맡긴 기억을 되찾을 수 없었다
맡아둔 기억을 찾으러 오는 이가 없었다

마스크를 얼고

장식할 문자들을 골라놓고
목공소에 틀을 짜러 갔다
잘린 편백나무들의 결을 살폈다
적송의 결도 살폈다
물푸레, 가문비, 호두나무, 단풍나무……
물 건너 온 나무들의 결도 살폈다
얼굴의 결과 어울리지 않았다

석재상에 들러 잘린 돌들의 결을 살폈다
대리석, 화강암, 현무암……
국화꽃이 핀 것도
코스모스가 핀 것도 있었다
그 자리에 뿌리라도 내릴 수 있을 만큼 아른아른했지만
돌들의 결도 어울리지 않았다
마음은 더욱 부산해졌다

꽃들의 결도 어울리지 않았다
꽃과 들여다보는 눈 사이로
향기가 아지랑이로 피어올라
혼몽으로 손잡아 끌어도

어울리지 않는다고 뿌리쳤다

얼굴 위에 문자들을 덕지덕지 발랐나
거울을 보니 그것만으로도
기막힌 마스크가 되었다

마스크 하나를 얻고 보니 욕심이 생겨
문자의 창고를 열어
눅진한 문자들을 옥상에 널어 말렸다
볕이 좋아 잘 말랐다
색색의 것들을 잘 추리고 버무려
문밖을 나서는 때마다 얼굴에 발랐다
그때마다 색색의 힘이 솟았다

수선하러 갔다

오랫동안 써왔던 가면에 금이 갔다
10년 이상을 잘도 버텨주었다
모두들 이 가면을 믿고 일을 맡기고
술잔을 나누었다
어떤 사내는 그의 비밀을 털어놓기도 했다
나도 누군가에게 비밀을 털어놓았는지 모른다

수선집 사내는 손놀림이 능숙했다
"늘 여분을 챙겨두세요. 가면에 금이 가는 상황은 빗방울
만큼이나 많습니다. 수선은 낡은 것을 좀 더 유지시켜줄 뿐
입니다. 소수의 취향일 뿐이지요. 수선이 제 직업이지만,
제 것 모두를 수선하지는 않습니다. 30년 동안 이 자리를
지킨 비결이죠."

말을 주고받으면서도
일정한 속도로 가면을 수선하고 있는 사내가
깨달음의 스승처럼 존경스러워졌다

가면이 수선되는 사이
소낙비가 내리기 시작했다

거리를 지나던 형형색색 온갖 표정의 가면들이
팽팽한 긴장을 놓아버리고
비를 피해 건물 속으로 달려 들어갔다
모두 같은 표정이었다

제게도 편견 하나를 주소서

화려한 치장을 한 축제의 무리들이 거리를 다 지나칠 때까지 그들은 재갈 물리고 팔다리 묶인 채 음습한 지하실에 가두어져 있었다

신속하고도 단호한 평결이 내려졌다 판사는 도시의 지도자를 대신하는 심정으로 결연하게 단죄의 변을 토했다

"감히, 굶주림을 잊게 하고, 마천루를 세워 하늘을 가리고, 육욕의 지하세계를 번성케 하고, 각각의 인생에 따로 적용되는 화려한 수사의 법전을 이룩하고, 만인을 위하여 영혼을 파는 고통을 감내한 위대한 선지자를 비난하다니! 감히, 만인 평등의 불온한 유언비어를 퍼뜨리다니! 너희의 비명은 아무도 듣지 않는 시간과 거들떠보지 않는 장소를 오래도록 떠돌게 될 것이다!"

불온에 감염된 그들의 고통은 명명할 수 없는 질병으로 판명되었으며 실종은 가장 흔히 나타나는 병증인 것으로 발표되었다

발표가 끝나자마자 질병에 걸린 또 한 사내가 경비를 뚫

49

고 탈출하여 마천루에 서서 외쳤다

"제게도 편견 하나를 주소서. 그러면 제가 세상을 움직이리다."*

• 가브리엘 가르시아 마르케스의 『예고된 죽음의 연대기』(조구호 역, 민음사), 188쪽. 수사판사의 메모 "제게 편견 하나를 주소서. 그러면 제가 세상을 움직이리다."를 변용.

어느 밈*공화국 주민의 일기 1
— 0년 0월 0일, 영화관에 갔다

날이 아주 흐렸다
바람이 불고 구름이 빠르게 흘러갔다
구름이 바람의 속도를 베끼고 있었다
덩달아 바람과 구름을 한꺼번에 베꼈다
바람이 동맥을 타고 흐르는 걸 느꼈다
구름은 심장으로 흘러들어가다 혈관에 덜컥 걸렸다

베껴진 사내들을 만나 초밥을 먹었다
그간 베낀 것들을 나누었다
오늘 나눈 것들을 베끼고 또 베끼고
마르고 닳도록 베껴서
옷장에 걸어두고
책장에 꽂아두고
잘 상하는 것들은 냉동실에 넣어두었다가
다시 만나 초밥을 먹기로 했다

점심을 베낀 뒤에 영화를 보러 갔다
기다리는 동안 아메리카노 한 잔을 주문했다
6,000원짜리 시급 알바생의
등 돌리면 바로 풀어지는 미소를 베꼈다

그의 미소는 너무 오랫동안 베낀 영화 같아서
감동도 환멸도 금세 사라졌다

영화관 로비에 베낀 얼굴이 가득했다
애인을 위해 팝콘을 사는 남자애들의 표정을 베꼈다
천장과 벽을 탁구공처럼 튕겨 다니는 여자애들의 수다
를 베꼈다
홀로 영화관을 찾은 사내의 선글라스 속 두리번거림도
베꼈다

입장을 알리는 안내방송이 흐르자
붉은 얼굴 뒤에 검은 얼굴
검은 얼굴 뒤에 파란 얼굴
파란 얼굴 뒤에 노란 얼굴
얼굴 뒤에 얼굴, 얼굴 뒤에 또 얼굴, 얼굴, 얼굴

변검 공연은 도무지 끝이 나질 않았다

● 리처드 도킨스가 만든 용어. 모방을 하면 모방한 대상으로부터 뭔
  가가 전달된다. 모방이 계속 전달되며 이지적 의지와는 상관없는 지
  침, 행동 같은 저만의 생명력을 갖게 된다.

어느 밈공화국 주민의 일기 2
— 0년 0월 0일, 옛날 일이 떠올랐다

스물도 안 된 동네 미친 누나를 붙들고
동네 청년들이 낄낄거리며 구정물을 먹였다
어느 오래된 의서에 그렇게 적혀 있다고 했다
낫게 될 방법을 베꼈다고 했다
주먹이 파르르 떨렸다
놈들은 어디서 낄낄거림을 베꼈을까

도서관에 갔다
베낀 얼굴들이 켜켜이 쌓여 있었다
똑같은 처방을 베낀 서적들이 곳곳에 가득했다
사내들이 처방을 세세연년 베끼고 있었다
몇 권의 세세연년을 빌렸다
베끼고 또 베꼈다

베낀 결과는 이것이다
"도서관은 자주 불태워져야 한다.
켜켜이 쌓이는 얼굴들은 부패한 냄새를
스스로의 몸에 가둬놓지 않고 주변을 오염시킨다."

죽간을 불태운 진시황과 승상 이사*에게 승점 1점 부여!

아니지, 베끼기의 달인들을 구덩이에 처넣고
산 채로 묻었으니 승점 1점 추가 부여!
알렉산드리아 도서관을 불태운 카이사르에게도 승점 1
점 부여!

그들은 베끼기를 불태웠다
베끼기를 재로 만들고
동전마다 제 얼굴을 베끼게 했다
베끼기의 단일화
베끼기의 유통

가이사의 것은 가이사에게●●로 라니!
베끼기의 시장이 나누어질 줄 알았다니!

● 이사: (?~BC 208) 순자의 제자. 가혹한 법가 사상으로 진왕 정을
　도와 천하를 통일하고 분서갱유를 주도했다. 통일 이전, 세상은 책
　략가가 범람했으며, 전국이 늘 전란 중에 있었다.

●● 마가복음 12장 17절: 이에 예수께서 가라사대 가이사의 것은 가이
　사에게, 하나님의 것은 하나님께 바치라 하시니 저희가 예수께 대하
　여 심히 기이히 여기더라.

어느 밈공화국 주민의 일기 3
—○년 ○월 ○일, 비오다

뉴스를 틀었다
21명을 살해하고 사형이 집행되지 않는 ○○○을 베끼고
6년 동안 45명을 강간한 ○○발발이를 베끼고
다단계 사기 후에 외국에서 죽는 수법을 베끼고
검사 신분증을 휘날렸던 문어발 혼인빙자 간음도 베꼈다
다음 달에는 곗돈을 수거해 튈 수 있을 것 같다

통신강의료는 한 달에 2,500원
그 돈을 내고 이것저것 다 베껴도 되나?
푼돈 내고 이렇게 많이 배워도 되나?

짬짬이 반유대주의도 베끼고 인종차별도 베꼈다
증오하는 것을 가장 먼저 베끼고
무엇을 베꼈는지 모르쇠 하는 법도 베꼈다

베낀 것들로 켜켜이 화장을 했던 얼굴이
인적 드문 산속에서 발견되었다
피살자의 얼굴에서 베낀 흔적이 모조리 걷어져
신원이 불확실하다고 했다

뉴스에선 비가 내릴 거라고 했다
비가 오자 사방에서 지렁이들이
땅으로 기어 올라왔다
붉은 치욕을 베끼고 있었다
빗방울이 길을 지우자
치욕의 배때기가 다시 길을 베꼈다

뉴스에선 비가 곧 그치고
다시 일상으로 돌아갈 것이라고 했다

일상 따위를 다시 베껴야 하다니!

작은 돌들이 영화를 보고 있었다

사건이 일어날 것 같은 날이었다 날씨는 좋았고 거리는 평온했지만 어떤 불안이 주변을 둘러보게 하는 날이었다 사람들은 불안을 잊기 위하여 우르르 영화관으로 몰려갔다

순서대로 진행되던 일이 멈추고 엉망이 될 것 같은 느낌이 들었을 때 톱니바퀴 돌아가는 장면이 나오고 거대한 톱니 사이에 작은 돌이 끼고 톱니바퀴는 처음에는 끼긱거리고 그러다 덜커덕거리고 연기가 피어오르고 연기는 불이 되고 급기야 날카로운 굉음이 터져 나오고 톱니바퀴들 날아가고 그 후에 세상은 아주 홀라당 뒤집어지거나 바로 돌아가거나 하는 영화였다

기계 사이에 낀 작은 돌˙이 그런 일을 해냈다는, 그래서 모두 톱니를 날리는 돌이 되려 하고 작은 돌이 세상의 주인이라는 감언이설에 뜨거운 박수를 보내고 작은 돌끼리 어깨동무를 하고 희희낙락하는 영화였다

영화관 밖의 톱니바퀴는 그 따위 것은 신경도 안 쓰고 작은 돌 따위는 다 으깨버리고

작은 돌들이 영화관에 우르르 몰려가 톱니바퀴 날아가
는 영화를 보고 있었다 작은 돌들이 영화관에 우르르 몰려
가 톱니바퀴 날아가는 영화를 보고 있는 장면이 나오는 그
런 영화였다

● 유명론자들이 '(원활한 작동을 방해하는)기계 사이에 낀 작은 돌'
  이라고 부른 것을 시인 토머스 흄(Thomas Ernest Hulme, 1883~1917)
  은 기계(잘 조직된 도시)의 근본적인 요소라고 말했다.

거대 사막의 기원
—사막 이야기

약육강식의 잔혹을 피하여
동토로, 열대우림으로, 고산지대로 달아났다
달아날 수 없었던 약한 무리들은
멈춘 자리에 사막을 만들었고 사막은 나날이 커졌다

사막의 주민들은 목숨이 아홉 개라는 고양이를 닮아갔다
마침내, 목숨까지는 아니었지만 영혼을 아홉 개나 갖게
되었다

매일 아침 거울 앞에서
어느 것을 뒤집어쓰고 나갈지 고민한다
목숨처럼 보이는 싱싱한 것을 골라야 한다
진짜를 잘못 쓰고 나가
저 세상으로 가기도 한다

저녁이면 오아시스에 모여 TV를 보았다
열대우림과 동토에서 살아가는
먼 조상에서 갈라진 경이로운 종족들
저런 곳에서도 살 수 있다니!
그들도 사막의 양식을 받아들이는 중이지만

같은 종족으로 인정할 수 없었다
영혼이 아홉 개에 이르지 못했다

성공은 크고 화려한 오아시스를 갖는 것
어떤 이는 마천루를 세웠다
방금 역에 도착한 형형색색의 목숨을 구워삶아
작은 오아시스라도 꾸리는 것이 쉬운 일은 아니다
진짜를 속이기 위해서는
진짜 같은 것을 주어야 한다

영혼을 아홉 개나 갖는 것은 중요하다

수직으로 통관되는 나라
―사막 이야기

사막에 갑자기 눈과 비가 쏟아졌다
눈과 비가 그치자 풍경이 바뀌었다
이쪽에 있던 모래산이 저쪽으로 옮겨졌다
등고선이 달라졌지만 총량은 그대로였다
모래산의 움직임만으로는
사막의 시간을 눈치채기 어려웠다

도시의 등고선도 달라졌다
엘리베이터를 갖지 못한 건물들이
대로에서 가까운 순서대로 무너졌다
소리가 위 아래로 관통하지 못하는
단층의 집들은 한꺼번에 무너뜨려졌다
엘리베이터로만 통관 가능한 나라들이
그 자리에 높다랗게 세워졌다

적층은 시간의 등고선을 만들지 못한다
여행자를 위한 수직의 지도는 만들어지지 않았다
제아무리 재주 좋은 낙타라 해도
저 좁은 통관의 귀를 통과하여
내세를 얻지는 못할 것이다

적층은 점점 높이를 더해간다
등고선은 점점 좁아져
곳곳에 펼쳐져 있던 기억들도
넓은 곳에 반짝이던 이슬의 시간도
더는 없을 것이다

단 한 점의
기억이
이력이
양식이
있을
뿐

세 개의 눈을 가진 거인
―사막 이야기

죽음을 곁들인 사건들로 수시로 음울해지는 하늘이 거리를 자주 슬픔으로 오염시켰으나 눈물 흘리는 지혜를 배우지는 못했다 이곳에서는 인내가 가장 각광받는 미덕이다

숱한 밤 들려오던 비명은 명백한 경고였으나 별을 향해 짖는 개 한 마리 없었다 이제 교사들은 경고를 가르치지 않는다 가장 인기 있는 과목은 〈슬픔을 참는 인내의 인문학〉이다

거리에 고여 있던 슬픔들은 벌떡 일어나 행인들을 삼키거나 네온사인이나 강물 속으로 뛰어들었다

사막의 목소리가 말했다
"한때의 진부함이 추억이 된다. 너희의 추억은 진부하다. 기억할 수 있는 모든 슬픔들을 소리쳐 불러보라. 대답 없는 슬픔들은 식별 가능한 장치들을 해체하고 폐기하라!"

세 개의 다른 색 눈을 가진 거인이 교차로마다 버티고 서서 시간을 인도했다 거인은 달리거나 인내하기만을 지시했다 더러 인내하라는 지시를 어긴 자들은 비명횡사했다

제3부

누드김밥
―불경不敬의 스타

불경不敬의 경전을 달달 외는 아이들이
경전을 해석하자
콘크리트 벽에 시체 향의 꽃이 피고
물고기가 땅 위를 걷는 아가미를 갖고

경전을 달달 외는 데 탁월한 아이가
소매 속에서 불경의 검은 비둘기를 꺼내자
아이들이 일제히 환호하고
불경의 슈퍼스타가 탄생했다

불경의 스타와 팬들은
안과 밖의 형식을 뒤집은
누드김밥을 사랑한다
내용물이 바뀌지 않았다는 사실에 대해서는
불경의 스타도 팬들도 그들을 혐오하는 세대도
전혀 문제 삼지 않는다

누드김밥은 여전히 김밥이지만
형식을 원래로 되돌리면 팔리지 않는다
불경은 누드김밥

불경의 스타와 아이들이
김에 거꾸로 달라붙어 놀고 있다

형식을 뒤집은 것만으로는
패업을 도모할 수 없지만 불경은 혁명

불경의 경전을 달달 외는 아이들
이전의 모든 것을 폐하려는 아이들
불경의 슈퍼스타가 손에 손잡고
룰루랄라 누드김밥 먹으러 간다

14살 랩퍼
─불경不敬의 스타

구름은 처음부터 비와 눈과 우박을
따로 품고 있었을까
출생의 근원이 다른 것이었을까

머리 반쪽을 밀어버린 14살은
담배꽁초를 씹던 입으로 툭 뱉었다
"씨발, 신경 꺼요, 랩퍼가 될 거예요"
튕겨나가는 14살의 어둠은 얕지 않다
아무도 지켜보지 않은 어둠은
스스로 깊어졌다

펄떡이는 생선을 앞에 두고
새하얀 솜털구름처럼 양 손을 바르르 떨며
하염없이 이슬만 떨구던 얼굴 뽀얀 어미는
14살의 어둠이 깊어지는 사이
살아 있는 생선을 도마질하는 박자가
눈감고도 랩퍼를 넘어섰다

어둠은 우박을 품고 있었다
14살이 랩을 뱉을 때마다

우박은 단단해졌다

어떤 어둠은
얼음에 새겨진 물결과 같이
굳어가는 중에도 집요하게 흐르려 한다

"아오, 빡쳐! 랩퍼가 될 거라구요!"
튕겨나가는 14살의 어둠에
물결무늬가 있다

난독難讀의 날
─불경不敬의 스타

불경이 자라난 나무는 군데군데 비틀려 있었다

비틀린 곳에 찍힌 화인은 막장드라마가 탐내는─가난한 쪽의─출생의 근원을 갖고 있었다

불경의 스타는 고랑 깊은 흔적을 남긴 폭력의 아비를 가졌고 불경의 스타를 몸으로 덮으며 군말 없이 매를 맞은 어미를 가졌고 몸을 팔게 된 누이를 가졌다 누이의 팔에는 여러 개의 가늘고 긴 붉은 흉터와 주사바늘 자국이 있었다

불경의 스타는 아비와 어미, 누이를 도가니에 넣고 미친 듯 풀무질 했다 벌겋게 달구어진 가계를 엇나간 박자로 두들기고 담금질하여 일그러진 난독의 날을 벼렸다

제 목을 무수히 치고 싶었던 낮으로 불경을 비난하는 이단들을 베어 제치며 나아갔다

온전히 자르는 법을 제대로 배우지 못했지만 불경의 검법을 선보이자마자 어설픈 시연만으로도 아이들과 거간꾼들이 벌떼처럼 모여들어 불경의 스타를 헹가래쳤다

그들의 국인國印
—불경不敬의 스타

불경의 경전은 처음부터 아이가 쓴 것도 처음부터 아이 안에 있던 것도 아니었다 정답게 마주앉아 필사한 경전이 아니있다 무릎 꿇은 작은 몸에 날아든 무자비한 주먹과 발 길질이 새겨놓은 것이었다

아이들이 성소에 모여 몸에 새겨진 불경의 문구를 서로 비교하며 경구가 새겨지던 때의 전설을 돌아가며 간증했다 인정사정없었던 주먹과 발길질의 화인을 불경의 간증으로 이열치열로 다독이고 있었다

담배 한 모금을 길게 빨고 담배 끝이 한껏 붉은 빛을 토할 때 불경의 공화국의 국인을 아이콘을 돌아가며 팔뚝에 새겨 넣었다

화인은 아이들만의 경전

국화꽃을 호랑이를 용을 새겨 넣는 일과는 차원이 다르다 예술 따위는 키우지 않는다 알에서 태어난 이력이라도 없다 면 불과 얼음의 지옥 길에서 겪은 전설적인 사건 하나 없이 감히 불경의 스타를 흉내 낼 수는 없다

어느 사내의 꽃

은퇴한 사내는 전람회를 드나들며 점잖게 살아가고 있다 많은 사건들을 일으켰던 격렬함은 오래전에 빠져나갔고 격렬했던 언어는 미간에만 남아 있다

새로운 양식이 만들어질 때마다 점차 기괴해지는 그림 속의 나무들이 죽은 기호들의 무덤을 가리키고 있다는 생각에 사내의 미간이 일그러졌다

예술이 관의 양식이 아니라면 왜 아름다운 것들 속에서 시체꽃* 성기 냄새가 나겠는가

이미 오래전 향을 잃은 사내의 거실

창으로 낙조가 스며들었다 말라버린 장미꽃에서 빛이 났다 꽃이 죽었다고 말하지 못한다 그저 조지 윈스턴의 「겨울」에 묻혀 길 밖으로 나서면 떠오를 것 같은 도시의 이름들을 한때 그곳에 산 듯이 뇌까리는 것이다 시카고, 파리, 런던, 뮌헨, 밀라노, 암스테르담……

꽃이 죽었다고 말한다면 그제야 관들이 하늘에 꽂혀 흔

들릴 것이다 낙조에 매달린 샹들리에로 연이어 날아가 꽂
힐 것이다

"세계는 거대한 죽음의 종유굴, 어느 종유석에도 삶을 매
어둘 수 없어요. 시작과 끝의 양식이 마주본 채 점점 가까
워지고 있어요."

사내의 미간이 조금 더 일그러졌다

사내는 끝내 울음을 터뜨렸다

- 시체꽃(타이탄아룸): 인도네시아 수마트라에 자생하는 2.5m가 넘
  는 꽃. 7년에 한 번 피며, 수정을 도와줄 파리 등을 유혹하기 위하
  여 동물의 성기에 해당하는 꽃술에서 시체 썩는 냄새를 풍긴다.

그림자를 잃은 사나이

오랫동안 지켰던 자리에서 일어나기 전 잠시 먹먹해졌다 졸업앨범에서 발견되는 이들처럼 떠나는 이도 남는 이도 곧 흐릿해질 것이다

전화가 울렸다 몇 번을 더 울리고 소리는 멎었다 사무실에 어둠이 스며들기 시작했다

책상 서랍에서 오랫동안 쓰지 않았던 만년필을 발견했다 만년필의 양식은 오랫동안 쓰이지 않았다 좀체 열리지 않는 뚜껑을 열고 흔들어보지만 잉크는 오래 전 말라버렸다 토해낼 수 없었던 말들도 껍질을 벗지 못하고 화석이 되었을 것이다 양식이 폐기된 것을 이제 알게 된 것뿐이다

만년필을 챙겨 넣고 마지막으로 달력을 집어 들었다 장마다 붉은 펜으로 여러 개의 동그라미가 그려져 있었다 남겨둔다 해도 누구도 붉은 동그라미를 이해하지 못할 것이다 달력을 폐지 더미 속에 집어넣었다

어둠이 더 짙어졌다 이곳에서의 이력은 끝났다 전등 스위치를 내리자 사직서를 놓아둔 자리에 날아든 불빛이 무대

에 쏟아진 스포트라이트처럼 주위를 낯설게 했다 손을 물에 담갔다 꺼낸 자리는 곧 메워질 것이다

  뒷모습이 슬프다고 생각했다 누군가 닫고 떠난 아귀 안 맞는 문 사이로 바람이 흘러든 때문이었을 것이다 지금 닫고 있는 문은 빈틈이 없으니 슬픔을 남기지는 않을 것이다

  건물 뒤편으로 들어서자 그림자가 외투자락 사이로 흩어 져 내려 어둠 속으로 스며들었다 차단기가 오르고 차가 빠 져나가자 차량통제시스템에 자막이 떴다

  '방문객' 82가 8282

시계의 복무규정
―시간 혹은 시계

간밤 무겁게 내려앉는 소리가 들렸다
안개가 짙게 끼어 있었다
안개는 물질적이어서
―어떤 이들은 정신적인 것이라고들 했다―
와이퍼로 닦아지리라 생각했다

가방에 시간들을 챙겨 넣었다
아니, 시계들을 챙겨 넣었다
시계들은 저마다 엄격한 복무규정이 있어
오차 없이 충실히 따라야
아이들의 배가 부르고 따스해진다

현관문 안쪽이 안개로 자욱했다
팔을 조심스레 뻗었다
내젓는 쪽으로 쭈~욱 밀려났다
그렇다, 안개는 물질적이다

구두에도 담겨 있었다
발을 들이 밀었다
살짝 붉어지며 마지못해 밀려나왔다

안개가 정신적이라는
표정을 갖고 있다는 생각이 잠시 들었다

생각은 시계에 대한 충성을 방해한다

생각을 떨쳐내고 거리로 나섰다
'버스타기 시계'가 작동하기 시작했다
'버스타기 시계'들이
똑딱거리며 바쁘게 달려가고 있었다

시계종족
―시간 혹은 시계

아주 오래전 서로 다른 시계를 지닌 종족들이 있었다 말은 안 통했고 산과 물로 서로를 경계 짓고 온갖 곳에 흩어져 살았다

동일한 시계를 갖게 된 이후 거리를 걸을 때마다 다른 시계의 나라에 살았던 이들을 자주 마주쳤다 그때마다 왜 서로 다른 시계종족들이 섞여 살게 되었는지 궁금했다 시계를 둘러메고 피해갈 땅이 없어서였을까 무릇 종족에게는 땅이 필요하다 제 시계를 걸어놓을 땅 한 뙈기를 갖기 위해 2,000년을 유랑한 무리도 있지 않았나

오늘, 땅 보러 가네
달 뜨는 시간에서 달 지는 시간까지
해 뜨는 시간에서 해 지는 시간까지
말뚝을 박고 독립을 선포할 것이네

내 나라에 들어올 때는
꽃의 잠이 끝난 시간에만 가능하니
귀를 땅에 대고
나무의 심장 박동이

봄바람이 나뭇잎 일곱 개를 흔드는 때와
같아지는 시간에 맞추어
방문해주시길 바라오

저들은 해마다
—시내버스 차창 속의 사내

먼저 퇴직한 이가 보내온 청첩장을 폐지 꾸러미 속으로 구겨 넣고 나온 저녁 시내버스 차창車窓에 떠나간 이름들이 자막처럼 흘러갔다

운 없이 가장 왁자한 시간을 골랐다 교조, 교훈, 잠언, 충고 따위를 껌처럼 씹어대는 열다섯, 열여섯, 열일곱 …… 생경한 아우성이지만 분명 겪어본 소리들

섰다가 다시 출발할 때마다 왁자한 소리들은 자세를 고쳐 잡는다 한때 저 왁자한 소리였을 때, 손잡이를 잡은 힘만으로도 세상에 흔들리지 않으리라 믿었다

자주 흔들리는 이들과 국밥집에 마주 앉아 술잔을 한숨에 털어 넣을 때 '하나의 이름이 모든 이름일 수 있다'는 생각도 함께 털어 넣는다 자주 흔들리는 것은 서로 다른 정체성을 섞어 먹는 일에 익숙해진 것

돌아가는 시내버스는 점점 어둠의 비율이 높은 곳으로 향하고 종점이 가까워지자 왁자했던 소리들도 얼마 남지 않는다

노대동* 종점에 내려서자 느티나무 그늘 속에서 벌레 소리가 쏟아져 나온다 저들은 해마다 열다섯, 열여섯, 열일곱…… 십 년 전이나, 삼십 년 전이나 열다섯, 열여섯, 열일곱……

---

* 노대동老大洞은 한 도시의 남쪽 끝에 있으며, 여러 버스의 종점이다. 노인이 유독 많다. 마을 뒤편의 산에는 구멍이 뚫려 있어, 사람이 마소가 없는 마차를 끌고 드나든다. 그 구멍의 형국이 〈산해경〉 속 관흉국 사람들의 가슴에 뚫린 구멍과 같다.

월, 화, 수, 목, 금, 토, 일

엄마 손에 끌려나가는 옆집 유치원생 아이는
아침마다 일요일의 치맛자락을 붙잡고 길바닥에 나뒹굴고
마트에 들른 중년 여인은 카트에
토요일의 삼겹살을 잔뜩 싣고
맥주도 한 묶음 챙겨 넣고

초등 6학년 아들이 백팩에 토요일을 달고 튕겨나가려는데
엄마는 2023년 11월 13일 수능시험을 닦달하며
아이의 토요일을 막아서고

수요일 밤이 되면 집 옆 교회에서
일요일까지 갈 수 있도록
목, 금, 토에 찬송가로 믿음을 충전해주고

새로 이사 온 이웃집 여자는
낮에 출근했다 밤에 출근했다를 반복해서
월, 화, 수, 목, 금, 토, 일을 알아채기 어렵고
수, 목 밤 10시면 치와와를 앞세우고
동네 공원을 빙빙 돌고

직장을 그만둔 지 오래인데
월, 화, 수, 목, 금, 토, 일이
검은 망토를 두르고 있다가
변검사의 얼굴을 하나씩 보여주고
느닷없이 보여주어도 하나도 안 놀라고

아파트 가가호호 베란다마다
월, 화, 수, 목, 금, 토, 일 무지개가 내걸려
햇볕에 바싹 마르고 있고
세탁소는 월, 미용실은 화에 중력을 잃고

사람들은 저마다 다른 별 출신이라
월, 화, 수, 목, 금, 토, 일 중
저마다 끌려다니는 중력이 따로 있고

어느 문명의 폐허인가

지난 문명의 기록을 읽다가 잠이 들었다

군마와 병사들의 시신이 처연한 별빛을 받으며 넓은 들판
에 누워 있었고 잘린 뼈들이 가득한 웅덩이 옆에서 눈빛 형
형한 사내가 흘러넘치는 승리의 술잔을 들고 광포하게 불어
오는 모래바람을 향해 서 있었다

눈을 뜨자 몸이 다시 짤막한 부호들과 바코드로 빠르게
읽혔다

잠 속에 기거하는 설명할 수 없는 영상들은 도대체 무엇
일까 낯선 나무와 낯선 돌들이 가득한 이국의 전장에 널려
있는 병사들의 뼈와 그 뼈에 훈장을 달아주는 지체 높은 입
들의 찬양은, 성전을 세울 돌을 끌고 있는 뼈만 남은 다리
와 그 말라비틀어진 다리에서 기어코 피를 찍어내는 간악
한 채찍은

나무와 풀들 푸른 피 뚝, 뚝 흘리며 알 수 없는 기호로 노
래를 부르고 구름처럼 멈추지 않는 춤을 추는 해괴한 영상
은 도대체 무엇일까

내 혀는 어느 찬연했던 문명의 노래이며, 내 몸은 어느 찬연했던 문명의 폐허인가

오래된 연극

　—관계와 시간과 공간의 실재에도 불구하고 연극은 허구
다. 허구의 시간이 끝나면 우리는 더 큰 무대로 몰려간다.

　막이 오르자 대로를 지나치는 차들의 경적 소리가 신경
질적으로 울리고 갈빗대를 드러낸 개가 골목 안쪽으로 급
히 뛰어든다 불안한 듯 몇 번이고 뒤를 돌아보며 걷는 골목
길은 어둡고 음탕한 분위기를 자아내는 조명이 깔려 있다

　주점 뒷문이 왈칵 열리자 쓰레기통을 뒤지던 개가 지레
놀라 움찔한다 열린 뒷문으로 환락에 젖은 소리들이 버려
진다 개는 아직도 식지 않아 끈적거리는 소리를 사방을 경
계하며 핥아본다 순간, 화장 짙은 소녀의 얼굴이 히스테릭
하게 웃으며 침을 뱉으려 달려들고 술잔을 들이키던 사내들
의 붉은 얼굴이 삼킬 듯 부풀어 오른다 개는 놀라 잠시 뒤로
물러섰다가는 공포를 떨쳐내려는 듯 발을 들어 젖은 소리를
후려친다 얼굴들이 벽에 튀겼다가는 정액처럼 흘러내린다

　주점 안에서 무슨 일이 있었던가 유혹의 언어로 귓바퀴
를 간질이며 밤을 핏발 서게 했으나 음탕함을 버무려 넣지
못한 언어들은 복제를 마치기 전에 내쳐졌다 너무 오랫동안

상연된 까닭에 관객들은 동전조차 던지지 않는다 누구도 커튼콜을 기억해내지 않는다

　다시 한 번 시간을 다오, 그리고 공간을!
　나도 복제될 수 있어
　제발 무대를!

모든 것을 말하다니

"돌아가면
이야기해줄게.
모든 것을.
이 모든 것을." 이라고 말하다니

어떻게 그럴 수 있단 말인가
여행을 마치고 돌아오는 중에
타흐리르 광장의 군중을 겨눈 총구가
굶주린 아기가 몰아쉬던 마지막 숨을 지켜보던 독수리가
절규하는 아비의 품에 안긴 저격당한 소년의 고개가
어떻게 그냥 멈추어 있을 것이라 생각할 수 있단 말인가

사건을 들은 또 다른 여행자가 찾아간다 하더라도
이전의 여행자가 그대에게 전해준 기억의 형식마저
이미 다른 것들로 뒤바뀌어 있으리라는 것을
어떻게 모를 수 있단 말인가

그대, 어쩔 것인가
아름다운 폐허를 지닌
어느 도시의 정경이 아니라

아주 중대한 사건에 대해서라면
성마른 우두머리가 학대와 감옥을
학살과 무덤을 땅속 깊이 묻어버리고
그 위에 가장 화려한 꽃들을 심은 뒤에
여행자들을 불러들이고
그 뒤에 알려주겠다고 말한다면

• 비스와바 쉼보르스카의 「끝과 시작」, 최성은 역, 문학과지성사, P. 243, 「언니에 대한 칭찬의 말」 중에서 인용.

•• 2011년 이집트혁명 당시 시위대가 집결한 공간.

••• 1994년 퓰리처상을 받은 케빈 카터의 보도사진 〈독수리와 소녀〉

•••• 2000년 이스라엘군의 총격으로 숨진 팔레스타인 소년과 아버지에 대한 뉴스.

제4부

보리밭 밟으러 갔네

보리밭 밟으러 갔네
들뜬 흙들을 밟을 때 나는 소리는
세계와 세계가 만날 때의 소리 같았네

보리 싹은
제 몸의 어느 세계를
한껏 밀어 올려놓았던 것인데

보리 싹을 밟자
주저앉는 세계 사이로
바람 한 자락 새어나와
겨울 들판을 가로질렀네

얼음으로 부풀었던
세계 사이에서
새어 나온 바람은
참으로 따스했네

아지랑이 아득한 이랑의 세계

말리지 않았다면
세계를 주저앉히느라
날 저무는 줄 몰랐겠네

나뭇잎의 배후

나뭇잎 뒤집어보면
흰 성에들 속에서
핏줄들 맥을 울리고

핏줄이란 핏줄은
죄다 울툭불툭 산맥처럼 솟구쳐
굽이치고 있지 않은가

나무들은
배후에
뜨거운 피 숨기고 있는 것이다

이내[*]

이내!
이내!
먼 산 위로 번져가는
붉은 핏물

울근불근 내달리던 푸른 핏줄이
끝내 맥이 막히고
왈칵 피 토하더니

심장에서 등허리로
벌건 쇳물보다 뜨겁고
얼음보다 차갑게
번져가는 핏물

저기 보이는 가을이
핏물 다 토하기 전에 죽었으면
흰 피 쏟으며 순교할 일 없는 세상

저 가을이 죽기 전에
그전에

저렇게 울근불근 절명하는 산처럼

눈 뜰 수 없었는데
-응답하라 1987

그때, 철로 옆에 서 있었다
이른 새벽
비둘기호[*]만 이따금 정차하는
영동 지나 외딴 황간역

녹슨 자전거 하나 벽에 기대어 있었다
자전거에도 이슬이 반짝이고 있었다
풀잎이 반짝이는 것이라 내내 생각했는데
반짝이는 것은 이슬이었다

이슬 한 방울,
제 무게를 못 이겨 또르르 굴렀는데
쿵 소리를 내며 떨어진 이슬에서
철길이 뛰어나와
보이지 않게 되기까지 달아났다

이슬 몇 개가 더 떨어지고
역사驛舍와 시골 하나
참새 몇 마리와 미루나무가 뛰어나오고
달아나는 것들 내내 바라보고 있었는데

98

화끈거리며 눈이 뿌옇게 멀어왔다

기차소리 점점 가까워지고
누군가 소리치며 이슬방울 마구 흔들었는데
이슬방울 안에서는 눈 뜰 수 없었는데

- 1967년부터 2000년 11월 14일까지 운행된 완행열차. 모든 역에 정차하는 느린 열차였다.

거꾸로 흐르는
— 시간 혹은 시계

순식간의 일이었지
꽃들이 다투어 피고
소낙비가 한바탕 쏟아지고
모든 것이 정상인 아이가 태어나고
가래를 못 견딘 노인의 부음이 전해지고

시간이 그 사이를 번개같이 지나는데
그 사이의 모든 것들
아주 낯익은데

낯선 것은 그대와 나

벤자민, 벤자민, *
당신과 나의 시간이
거꾸로 흐르는 것은
얼마나 끔찍한지

함께 흐르는 것은
또 얼마나 끔찍한지

* 영화「벤자민 버튼의 시간은 거꾸로 흐른다」의 주인공 이름.

행인 4

　행인 4였고, 대사요? 없었어요 소리 지르는 장면은 행인 1의 몫이에요 이 바닥에도 룰은 있어요 주인공 연인을 네 번째로 지나쳐가는 역할이에요 쑥스럽죠 그걸 역할이라고 할 수 있는지…… 다섯 걸음쯤 걷고 화면에서 사라져요

　오른쪽에서 왼쪽으로였는지 왼쪽에서 오른쪽으로였는지 기억 안 나요 방향은 그때그때 주어져요 아이, 왜 그러세요! 우리도 한 방향으로 내쳐 달리고 싶은 꿈이 있어요

　옆모습, 뒷모습이 담겼어요 어떤 감정도 포착되지 않았어요 요구된 거죠 행인은 움직이는 무감정이에요 앞모습도 표정 차이는 없었을 거예요

　정거장 간판이 더 감정적일 걸요 여주인공이 간판 아래서 있다가 떠났거든요 사람들이 정거장 간판을 보며 눈물을 흘렸대요 '간판의 미학', '간판의 슬픔', '간판의 절제' 같은 말들이 SNS를 도배했어요 저도 깜짝 놀랐어요 정거장 간판이 그렇게 슬픈 줄은 예전엔 미처 몰랐어요

　지금요? 정거장 간판 밑이에요 버스 기다려요 오늘 촬

영 취소거든요 여주인공이 몸살 났대요 오늘 공친 거죠 일
당제거든요 여긴 외곽이라 버스가 자주 없어요 어차피 시
간은 많지만 *막차는 생각보다 일찍*[**]오거든요 대리는 밤
에 뛰어요 표정 없이 낮을 보내는 게 힘들긴 해요 근데……
저…… 정거장 간판 있잖아요 벌써 1시간째 훔쳐보고 있는
데…… 정말 슬퍼요 정거장 간판이 저렇게 슬픈 줄은 예전
엔 미처 몰랐어요

● 김소월 「예전엔 미처 몰랐어요」 중에서
●● 정태춘·박은옥 「다시, 첫차를 기다리며」 중에서

징검다리를 건너려는데

　도시의 거리에 펼쳐놓았던 문장들은 해와 달이 번갈아 질주를 하는데도 끝내 몇 개 팔리지 않았다 문장들을 분홍빛으로 물들이고 가터벨트나 시스루를 입혀야 한다고 했는데 늘 자세가 문제였다 요염은 후천後天이 절반 선천先天이 절반이었는데 어느 쪽에 문제가 있는지 도무지 알 수가 없었다

　야반도주를 해 강에 다다랐는데 사공은 문화 체험 시간이 끝났다고 노를 거두어 차에 싣고 떠나며 조금만 거슬러 올라가면 옛사람들이 만든 징검다리가 있고 4년째 건기乾期라 어쩌면 건널 수 있을지 모른다고 그리로 가보든지 아니면 종이에 새로운 문장을 받아 내일 아침 다시 오라 했다

　징검다리에 도착했는데 버드나무 한 그루가 강바람에 흔들리고 있었다 흔들리는 가지가 아내와 아이들이 달려오며 만들었던 문장과 닮았다는 생각을 하다가 빚쟁이들이 따라붙는다면 그들의 손아귀도 꼭 저렇게 춤출지 모르겠다는 생각이 끼어들어 화들짝 놀랐다

　징검다리 근처에서 한 사람이 뭔가를 분주히 풀어헤치고

있어서, 돌이 흔들리지는 않나, 물은 깊은가, 이 시간에 뭐 하는 분이냐 물었다 그는 이래봬도 나는 어부漁夫이고, '어부'는 담대한 문장이어서 바다를 가진 어부한테도 꿀리지 않는다고 했다

"나도 파도를 겪지 않았겠소! 하, 대단했지! 세상 모든 파도 중에서 자기가 겪은 파도가 가장 크고 무서운 법이라오. 징검다리 돌 하나를 건너려 해도 파도를 만나게 될 거요."

징검다리 앞에서 어부를 만난 일이 수상하기는 했으나 강을 건널 일이 급하여 더는 물어보지 못했다 한 발을 떼려 했는데 긴가민가했던 어부의 말이 틀리지 않아서 강 속에 띄엄띄엄 놓인 돌들은 위험과 안전의 경계가 거기서 거기라는 것을 너울너울 보여주고 있었다

"강을 잘 건너는 일도, 고기를 낚는 일도, 문장을 잘 고르는 것과 같은 일이라오. 고기 낚는 법을 가르쳐주신 아비가 남기신 말이오."

겁먹은 나를 보고 어부는 선문답 같은 말을 또 뱉는데 말

을 듣고 살펴보니 강 속에 놓인 돌들이 통행세쯤의 문장을 요구하는 것 같았고 가만 따져보니 강을 건널 수 있는 문장이 수중에 별로 남지 않은 걸 알았다 등 뒤로 해가 지고 있었고 산 그림자가 낮빛을 어둠과 섞는 중이어서 온몸에서 식은땀이 흘렀다

징검다리 어느 쯤에서 어둠속에 유폐될지 모른다는 생각도 들었는데 강의 여울에서 문장의 비늘들이 몸을 뒤집으며 혀를 널름거리며 돌로 오르려는 걸 보았기 때문이다

아이고, 저것들은 대체 어디에서 다 왔을까 싶었고 차라리 이쯤에서 망부석이 될까 싶었고 어쩌면 물을 건너지 않는 것이 좋겠다 싶었는데 실족이라도 하면 문장들이 마지막 순간까지 귓바퀴를 간질일 것이 싫어서였다

도망치기 전 터미널에서 사람들이 오종종 앉아 있다 문장을 타고 집으로 돌아가거나 집을 떠나는 것을 지켜보며 왜 나는 문장을 타고 집으로도 집을 아예 떠나지도 못하는가 싶어 화장실 구석에서 눈물을 찍은 생각이 살아나 다리에 힘을 주었다

한때 이 강에서 문장의 뗏목을 타고 떠난 이들이 아리랑을 지어 불렀다는데 지금은 도망 중이라 노랫말 한 마디 지을 수 없고 징검다리 앞에서 어쩌면 이토록 많은 생각이 떠오르는가 싶기도 하고 강을 건너지 않는 것도 좋은 일이란 생각도 커지는 것이었다

식물의 사내

스물여섯 살 어린 사내*는 음모와 분노 가득한 눈들이 지
켜보는 가운데 자신의 몸에 담긴 말을 담담하고 결연하게
토해냈다 메말라가는 세속에 기운을 북돋아줄 물꼬가 열리
리라고 선언했다

망나니의 칼이 한 번 더 햇살을 튕겨냈다 칼날은 전날 저
녁 예리하게 갈려 있었다 망나니의 입에서 뿜어져 나온 맑
은 술이 사내의 머리 위에 순간 안개를 만들고 안개가 미처
사라지기 전에 음속의 비행운이 맑은 하늘에 경계를 그었다

잘려나간 자리에서 흰 피가 울컥 솟았다 민들레나 엉겅
퀴였을까 식물의 사내였던 것일까 그가 전하려던 것이 식
물의 경전이었을까 목이 잘린 민들레나 엉겅퀴는 흰 독을
가졌는데

웅크린 등에서 밤이면 참을 수 없는 꿈틀거림이 척추 한
곳을 집요하게 흔들고 머리카락부터 흰 피가 차기 시작했
다 아뿔싸, 나는 나무였고 껍질을 뚫고 가지가 뻗고 꽃이
피려는 것

순교할 수 있을까 하지만 무엇을 위해 흰 피 차오른 나무
들 저리 많아도 세속은 여전히 병중인데 스물여섯 살 어린
사내의 시기는 이미 오래전에 지났는데 문맹이어서 물꼬를
열 식물의 경전은 읽지도 못하는데 세속은 독毒만으로도 드
센 기운 저리 북돋우는데

● 신라 법흥왕 통치 시기인 527년, 스물여섯 살에 순교한 하급 관리
  이차돈의 목에서는 흰 피가 솟았다고 한다.

하루 치의 처방

딸아이 이름을 땄을 정은약국에서 심장병 약을 기다리고 있는데 약국 앞 보도에서 한 어미, 아파트 가가호호에 붙일 전단지를 나누고 있다 한 뼘 너머엔 염천이 불도마뱀의 혀를 날름거리고 있는데 영어학원, 미용실, 치킨집, 삼겹살집, 4개의 전단지를 둘로 나누고 있다 암사마귀 배에 성기를 꽂고 머리부터 잘근잘근 씹혀가는 삶이 꼭 저런 형국일 것

20대 여선생이 사춘기를 시작한 중2 남자애의 발을 한참이나 물끄러미 쳐다보았다 발에는 색깔 다른 천으로 기운 양말이 신겨져 있었다 몸 밖을 머물던 가난이 그때 가슴 속에 똬리를 틀었다

독을 품은 그 뱀이 지금 서늘한 혀로 가슴을 핥는다

의사는 생을 놓기까지 습관처럼 약을 먹어야 한다는 진단을 내렸다 죽기까지 따르겠다 독약을 처방하더라도 매일 복용하겠다 왜 않겠는가 생에 처방된 모든 약이 독이었고 금기시한 모든 독이 약이었다 약과 독의 경계란 더 끌고 가느냐 마느냐에 달렸을 뿐

안과 밖이 없는 유리벽을 사이에 두고 한 쪽 너머의 삶을 지켜보게 될 때 아무도 눈치 채지 못했으면 한다 전단지를 나누는 일에 시선을 오래 매어두는 일은 내게도 저 어미에 게도 고통스러운 일

한 달 치의 심장병 약이 나왔다 전단지는 늘 하루 치의 처 방, 어미는 매일 새 약을 처방 받아야 한다

침묵은 무섭다

일기예보에서 비바람이 몰아친다고 했다
창문에서 소리가 났다
누…… 누군가 들어오려는 줄 알았다
아무도 없었다

견고하다고 생각한 콘크리트 건물조차
비바람이 칠 때는
한 발 뒤로 물러선다
뒤로 물러날 여백을 두지 않았다면
소리가 날 리 없다

침묵은 무섭다
먼지 한 톨의 공간만큼도
물러서지 않겠다고 핏발이 서 있거나
더는 물러설 수 없게 된 것이어서

가끔 소리를 내는 것도 좋다

잠파노*가 백사장에 머리를 묻고
울음을 터뜨렸을 때

안도했다
더는 물러서지 않겠다는
침묵을 버린 것이어서

영화가 끝나고 창을 열었다
소리가 여백에서 여백으로 흘러갔다
바람 밖에 있던 나도
여백이 되었다

• 이탈리아 네오리얼리즘의 주역 중 한 사람인 페데리코 펠리니 감독
의 1954년 작품 「길 La Strada」의 주인공. 안소니 퀸이 열연했다. 차
력사 잠파노는 젤소미나와 함께 유랑하며 생활하지만 결국 젤소미
나를 버린다. 몇 년 후 잠파노는 젤소미나의 비극적 최후를 듣고 오
열한다.

챔피언
—영웅 김득구® 그리고 최요삼에게 바친다

사내는 고향에서 죽지 못했다 링 위에서 죽겠다고 했지만 화려하게 살아 돌아가겠다는 것과 동의어였다

링 위에서는 언제나 거울과 마주했다 폼 나게 사진을 찍거나 자세를 교정하지 않았다 살아내겠다는 결기 앞에선 정답인 자세도 아주 나쁜 자세도 없는 법이다

링 위에서 마주한 사내는 단 한 번도 내가 아닌 적이 없었다 그가 주먹을 맞든 내가 주먹을 맞든 단 한 차례의 주먹도 서로에게 이해되지 않은 적이 없었다

매번의 주먹이 그처럼 명징하게 움직이고 결의에 차 있는 것을 어디선가 보았을 것이다 물속의 연어를 향해 날린 회색곰의 허탕 친 주먹이 힘이 덜 들어갔을 리 없다 땅을 향해 내리꽂은 송골매의 하강이 연습경기는 아니었다

챔피언은 떠났다

"조금만 더 버텨주길 오늘만 지나면 괜찮아지길 바랐던 내 소중한 한 사람…… 돌처럼 강했던 사람 파도처럼 거침

*없었던 사람 살아가는 매 순간이 도전이었던 사람 내일을
위해 오늘을 바치던 터져 나오는 피를 삼키며 마지막까지
싸워준 내 마음 속 영원한 챔피언"***

　그는 단 한 번도 지지 않았다 거울 속 사내와 나눈 주먹은
승리와 패배를 가를 수 있는 것이 아니었다 아무리 가드를
올려도 내상을 피할 수 없는 주먹이 있었을 뿐이다

• 1955년 전북 군산에서 태어나 가난한 삶을 살다 간 비운의 복서. 레
  이 맨시니와 WBA라이트급 타이틀매치에서 쓰러진 후, 4일 뒤인
  1982년 11월 18일 27세의 나이로 숨졌다. 그의 사망 이후 그의 모친
  은 3개월 뒤, 경기 심판이었던 리처드 그린은 7개월 뒤 자살로 생을
  마감했다. 레이 맨시니도 자살을 여러 번 시도했다. 맨시니는 결국
  권투선수를 그만두고 영화배우가 되었다.

•• 리쌍의 「챔피언」에서 인용. '리쌍'은 2007년 12월 25일 세계 타이틀
  매치 후유증으로 세상을 뜬 최요삼을 기리는 노래 「챔피언」을 발표
  했다. 멤버 개리와 친분이 있었던 것으로 알려져 있다.

시간이 닫히는 소리

시간이 등 뒤에서 '꽝' 하고 닫혔다
시간이 닫히는 소리는 지상에 없는 소리였다

막차를 기다리던 정류장에서
소나기를 피해 뛰어든 처마 아래서
기침 소리 거슬리던 도서관에서
사직서를 넣고 닫았던 책상 서랍에서
나는 거두어졌다
사방에서 거두어지며 소리를 냈는데
아무도 듣지 못했다

시골집 은행나무 잎이 노란 소리로 물들 때
발꿈치부터 심장까지 뜬금없이 울렸고
노을이 뒷산을 넘어가며 울던 소리에도
가슴이 북처럼 울었다
마당 가득 떨어지던 감꽃의 소리를 세는 일에
눈물이 필요하다는 것도 알았다

할머니 영정을 가슴에 안고 산을 오르던 길에
숲으로 도망치는 시간의 소리를 보았다

스무 살 친구의 뼈가 뿌려진 옥천 금강의 소리는
땅벌 쏘였을 때처럼 동심원으로 번져갔다

자고 일어나면 시간의 소리를 심었다
어떤 것은 잘 익었고
어떤 것은 오래도록 설익은 채였다
피우자마자 떨어져 침묵이 된 소리도 있었고
꽃 떨어진 바닥에 오목하게 소리가 고여 있기도 했다

시간이 등 뒤에서 '꽝' 하고 닫혔다
소리꼭지 떨어진 자리마다
시간이 새 몸을 키우기 시작했다

불경스러운 아이들과 떠나는 시원으로의 여행

조해옥(문학평론가)

1. 거시의 상상력으로 사막을 건너다

천세진 시인의 첫 시집『순간의 젤리』는 사막으로 상징된 현대 문명의 대도시에 대한 비판적 성찰을 노래한다. 대도시는 시인의 시적 자아에게 시련의 장소이며 건너가야 할 현재적 장소로 나타난다. 태초의 시·공간이 과거의 장소라면 사막은 우리가 경험하는 현재의 장소이다. 시인이 꿈꾸는 미래의 장소는 다시 회복시킬 시원의 장소이다. 시인은 시계의 시간에 예속된 존재들의 자유를 꿈꾼다. 그는 불경스러운 아이들의 이야기를 다룬다. 아이들 역시 사막도시에서 살고 있지만, 아직 사막의 황폐함에 길들여지지 않았으므로 시인은 그들에게서 야생성을 발견하는 것이다. 그는 기존 질서에 길들여지지 않은 불경不敬의 아이들과 함께 새로운 세계를 찾아 나선다. 니체의 짜라투스트라가 사막을 건너 새로운 세상을 꿈꾸었던 것처럼, 천세진 시인은 사막도시로 비유된 현대의 거대 도시를 벗어나 태초의 생명력을 간직한 새로운 세계를 찾아내고자 한다. 시인은 사막도시를 경험하고 성찰과정을 통해 이름이 지어지지 않은 무명無名의 세계로 의식을 전개시킨다.

천세진 시인의 시 정신이 넘나드는 시간과 공간은 방대하다. 그는 거시의 눈으로 사막의 도시에서 일어나는 일들을 조망한다. 이를 거시의 상상력이라 부를 수 있다. 그의 거시적 상상은 내용의 환상성과 형식의 산문성을 특징으로 하여 기존 질서와 체계를 거부하는, 일군의 시 경향과 차별화된다. 개인의 감정과 자의식에 집중함으로써 외부 현실과 분리되어 있는 이러한 시 경향은 개성적이기는 하지만 지나친 자기폐쇄성에 의해 오히려 시의 내적 긴장을 이완시킨다. 개인의 내면과 일상에 국한시키는 이들의 미시적인 태도는 시를 위축시키는 결과를 보이기도 한다. 이러한 개인의 내면과 표현에 치중하는 시는 시와 현실 사이의 긴장이 없기 때문이다. 반면 현재적 시간인 위축된 현실에 발을 디디고 상상력을 확장시키는 천세진 시인의 안광은 광대한 시간과 공간을 한걸음에 오간다. 그의 거시적 상상력에는 현실에서의 비판적 성찰이 전제되어 있기 때문에 구체성을 획득한다.

2. 욕망으로 소진되는 시간과 공간

천세진 시인의 첫 시집 『순간의 젤리』에서 두드러진 시 의식은 공간의식과 시간의식이다. 이러한 시 의식은 사막으로 상징된 거대 도시에 대한 그의 사유에서 기인한다. 그가 보기에 도시 공간은 수직성을 갖는다. 수직의 권력 구조는 끝없이 상승하려는 인간의 욕망에 의해서 형성된다. 태초의 공간은 일정한 틀을 갖지 않고 무한하다는 점에서 과거의 공간이면서 어떠한 형상도 창조할 수 있는 미래적 지평을 갖는다. 반면에 도시는 인간의 상승 욕망에 의해 한없이 높아지다가 한 점으로 소실될 공간이며, 균질하게 흐르는 시계시간에 예속된 존재들의 소진이 예기되는 시간이 흐르는 곳이다. 태초의 시·공간이 제한 없이 확장되는 것이라면, 거대 도시의 시간과 공간은 점점 응축되다가 소실점으로 사라질 것이다.

천세진 시인은 거대한 도시에 대해 근본적으로 성찰한다. 그는 이곳에서 실재하지만 허구에 불과한 세계를 발견한다. "막이 오르자, 대로를 지나치는 차들의 경적 소리가 신경질적으로 울리고 갈빗대를 드러낸 개가 골목 안쪽으로 급히 뛰어든다. 불안한 듯 몇 번이고 뒤를 돌아보며 걷는 골목길은 어둡고 음탕한 분위기를 자아내는 조명이 깔려 있다.// 다시 한 번 시간을 다오, 그리고 공간을!/ 나도 복제될 수 있어/ 제발 무대를!"(「오래된 연극-관계와 시간과 공간의 실재에도 불구하고 연극은 허구다. 허구의 시간이 끝나면 우리는 더 큰 무대로 몰려간다.』) 이 시의 화자는 자신이 경험하는 세상의 것들이 실재하는 것이지만 허구라는 것을 깨닫는다. 「오래된 연극」의 부제인 "관계와 시간과 공간의 실재에도 불구하고 연극은 허구다. 허구의 시간이 끝나면 우리는 더 큰 무대로 몰려간다."에서 드러나는 시 의식은 시집 전체를 관통하며 압도한다. 시인이 경험한 세상은 실체와 다르면서도 진짜인 듯 위장하고 오히려 그것이 진실이라고 주장하는 곳이다. 시인의 비판 의식은 거짓 세계에 대한 그의 불신에서 비롯된다.

여자가 펄럭이는 분홍 시스루 스커트를 움켜쥐고 육교 계단을 오르고, 아이 손에서 바닐라 아이스크림이 녹아 떨어지고, 비뇨기과 주사실에 엎어진 사내의 엉덩이에 손바닥이 내리쳐진 순간

국회의원 보좌관이 공천 대가를 챙기고, 재벌 2세가 운전기사의 뒤통수를 날리고, 군수가 5급 승진 대상자 평가 점수를 바꿔 치고, 기획사 대표가 아이돌걸 엉덩이를 움켜쥐고, 발에 채인 태권도 선수가 한 점을 얻고, 30대 대리가 50대 대리점 점주에게 '씨발놈아 뒈질레'를 뱉는 순간

〈생활의 달인〉에 출연했을 법한 요리의 대가가 절묘한 칼솜씨로 순간을 단칼에 떼어내어, 투명 젤리에 잽싸게 휘저은 후 냉동실에서 숙성시켰다 꺼내자 공전의 히트 요리 '순간

의 젤리'가 탄생했다

전문가마다 색깔이 다르다 했다 분홍 시스루 스커트, 바
닐라 아이스크림, 얻어맞은 엉덩이 색깔이라 했다 누구하
나 양보가 없었다

전문가마다 맛이 다르다 했다 3억 원, 뒤통수, 엉덩이,
'씨발놈아 뒈질레'의 맛이라 했다 맛에 대해서도 양보가 없
었다

전문가마다 올챙이 시절부터 씹고, 뜯고, 핥고, 삼킨 분
야가 있고 그 바닥에도 예법이 있어 상대의 영역을 넘보지
않는 것이 예의

원재료들도 칼잡이 세계의 도법으로 잘라낸 것이었다 칼
잡이마다 잘라내는 순간이 다 달랐다

품평회장 밖, 여자가 펄럭이는 파란 시스루 스커트 자락
을 움켜쥐고 육교 계단을 오르는 순간

―「순간의 젤리」 전문

사실은 그것을 해석하는 사람들에 의해 변질되거나 왜곡
된다. 누군가에게 평가된 사실은 본래의 사실이 아니다. 어
떤 사실이 일정한 형태를 가진 '젤리'에 담겨질 때 젤리의 투

명함은 사실을 변형시키지 않는 듯 보인다. 젤리의 투명함이 사실을 있는 그대로 보여주는 것 같지만 누군가에 의해 포착되는 순간 젤리에 담긴 사물과 정황은 이미 본래의 것이 될 수 없다. 위의 시에서 어떤 순간의 젤리화는 언어화의 과정과 흡사하다. 사실을 언어로 전달하는 것은 사실에 일정한 이름이 붙는 단계와 그것을 해석하고 평가하는 단계를 거친다. 이러한 과정을 거쳐 하나의 의미로 고정된 것을 대중들은 수용한다. 언어에 의한 기록은 사실을 있는 그대로 표현한 것처럼 보이지만 그때부터 사실의 변형이 시작된다. 언어로 담아내는 1차 변형과 그에 대한 해석과 품평이 이루어지는 2차 변형, 일반 대중에 수용되는 3차 변형이 일어나는 것이다.

「순간의 젤리」 1연 첫 행에서 "여자가 펄럭이는 분홍 시스루 스커트를 움켜쥐고 육교 계단을 오르"는 순간은 마지막 연에서 "여자가 펄럭이는 파란 시스루 스커트자락을 움켜쥐고 육교 계단을 오르는 순간"으로 바뀐다. 여자가 입었던 시스루 색깔은 분홍색으로 "순간의 젤리"에 담기지만, 원래 시스루 색깔이 파란색이었는지 분홍색이었는지 알 수 없다.

천세진 시인은 편견에 의해 권력화되고 차별화된 세상의 구조를 탈피하려는 시 의식을 지향한다. 사막의 논리에 순응하는 것은 생존을 위한 유일한 선택이다.

매일 아침 거울 앞에서

어느 것을 뒤집어쓰고 나갈지 고민한다

목숨처럼 보이는 싱싱한 것을 골라야 한다

진짜를 잘못 쓰고 나가

저 세상으로 가기도 한다

　　　　　　—「거대 사막의 기원—사막 이야기」 부분

　거대 사막에서 살아가는 사람들에게 필수적인 것은 가면
이다. 생존하기 위해 사람들은 가면으로 위장해야만 한다.
사막의 주민들뿐만 아니라 사막의 주민이 되기 위해 그곳
에 흘러든 난민들도 위장의 생존방식을 취한다. 그들은 그
곳에서 추방되지 않기 위해 자기를 끊임없이 버려야 한다.
그들은 교차로의 "세 개의 눈을 가진 거인"(「세 개의 눈을 가진
거인—사막 이야기」)이 내리는 명령에 따라 서 있거나 달려야 한
다. 그런데 이 같은 강압적인 사막은 무엇에 의해 만들어진
것인가? "제게도 편견 하나를 주소서. 그러면 제가 세상을
움직이리다."(「제게도 편견 하나를 주소서」)에 잘 나타나 있듯이
욕망과 편견이 사막을 지배하는 힘이다. 편견은 중심과 주
변을 나누고 주류와 비주류의 경계를 만든다. 편견에서 계
급과 계층이 나뉜다. 편견이 권력을 낳았지만, 그것은 세상
을 사막화시킨 것이기도 하다.

　도시의 등고선도 달라졌다

　엘리베이터를 갖지 못한 건물들이

　대로에서 가까운 순서대로 무너졌다

소리가 위 아래로 관통하지 못하는
단층의 집들은 한꺼번에 무너뜨려졌다
엘리베이터로만 통관 가능한 나라들이
그 자리에 높다랗게 세워졌다

…(중략)…

적층은 점점 높이를 더해간다
등고선은 점점 좁아져
곳곳에 펼쳐져 있던 기억들도
넓은 곳에 반짝이던 이슬의 시간도
더는 없을 것이다

단 한 점의
기억이
이력이
양식이
있을
뿐

　　　　　—「수직으로 통관되는 나라−사막 이야기」 부분

　도시는 끊임없이 재건축을 거쳐 지형을 바꾼다. 사람들
은 수직으로만 이동한다. 위 시의 화자가 예견한 대로 높이
만을 추구하는 인간의 욕망에 의해 쌓아올려진 도시는 수

평의 성질을 모두 잃고, 한 점 소실점으로 사라질 것이다.

사건이 일어날 것 같은 날이었다 날씨는 좋았고 거리는 평
온했지만 어떤 불안이 주변을 둘러보게 하는 날이었다 사
람들은 불안을 잊기 위하여 우르르 영화관으로 몰려갔다

순서대로 진행되던 일이 멈추고 엉망이 될 것 같은 느낌
이 들었을 때 톱니바퀴 돌아가는 장면이 나오고 거대한 톱
니 사이에 작은 돌이 끼고 톱니바퀴는 처음에는 끼긱거리
고 그러다 덜커덕거리고 연기가 피어오르고 연기는 불이 되
고 급기야 날카로운 굉음이 터져 나오고 톱니바퀴들 날아
가고 그 후에 세상은 아주 홀라당 뒤집어지거나 바로 돌아
가거나 하는 영화였다

기계 사이에 낀 작은 돌이 그런 일을 해냈다는, 그래서
모두 톱니를 날리는 돌이 되려 하고 작은 돌이 세상의 주인
이라는 감언이설에 뜨거운 박수를 보내고 작은 돌끼리 어
깨동무를 하고 희희낙락하는 영화였다

영화관 밖의 톱니바퀴는 그 따위 것은 신경도 안 쓰고 작
은 돌 따위는 다 으깨버리고

작은 돌들이 영화관에 우르르 몰려가 톱니바퀴 날아가
는 영화를 보고 있었다 작은 돌들이 영화관에 우르르 몰

려가 톱니바퀴 날아가는 영화를 보고 있는 장면이 나오는
그런 영화였다

　　　—「작은 돌들이 영화를 보고 있었다」 전문

　영화는 세상에서 벌어지는 복잡한 일들을 프레임 안에
간명하게 담아낸다. 영화를 본 감상을 위 시의 화자는 "작
은 돌들이 영화를 보고 있었다"라고 진술한다. 이 같은 화
자의 진술은 기존 질서에 도전하는 힘의 무기력함을 노출
시킨다. 영화 속에서 "작은 돌들"이 즐거워하며 관람하는
영화는 도전자의 승리를 명쾌하게 드러내는 것 같다. 그러
나 영화 바깥의 세상은 "영화관 밖의 톱니바퀴는 그따위 것
은 신경도 안 쓰고 작은 돌 따위는 다 으깨버리"는 곳이다.
　우리가 경험하는 시간은 우리 각자에게 다르게 경험된
다. 이러한 시간을 주관적 시간이라고 부른다. 그러나 현대
도시의 일상은 우리에게 균질한 양으로 측정된 시계시간에
순응하라고 강요한다. 도시에서의 시간은 시계시간에 지배
된다. "생각을 떨쳐내고 거리로 나섰다/ '버스타기 시계'가
작동하기 시작했다/ '버스타기 시계'들이/ 똑딱거리며 바쁘
게 달려가고 있었다"(「시계의 복무규정—시간 혹은 시계」)에서 "'버
스타기 시계'들"은 정해진 시간대로 일과를 수행한다. 여기
에 개인적인 생각과 감정은 허용되지 않는다. 생각은 "'버
스타기 시계'들"의 충성을 방해할 뿐이다. 시계시간에 충실
하게 복무하던 일이 끝나면 그들은 퇴직의 시간을 맞는다.
「어느 사내의 꽃」의 퇴직자와 「그림자를 잃은 사나이」의 사

직한 사람은 과거와 현재뿐만 아니라 미래의 시간까지도 빼앗긴 존재이다. 「저들은 해마다―시내버스 차창 속의 사내」에서 나타나는 퇴직을 앞둔 화자 자신의 쇠락의 느낌은 왁자한 바깥의 분위기와의 현격한 간격에 대한 감각이다. 반복되는 자연시간은 화자로 하여금 유한하고 소모적인 자신의 생을 생생하게 환기시킨다.

3. 시원始原과 무명無名의 세계를 찾아서

천세진 시인은 이름이 없는 세계, 즉 무명의 세계를 추구한다. 이름이 지어진 명사의 세계는 일정한 틀에 굳혀진 세계이기 때문이다. 명사의 세계는 천세진 시인의 시에서 의미가 고착된 도시를 상징하기도 한다. 그는 「푸른 짐승들」에서 식물성의 근원에 대해 이야기한다. 동물성이었던 식물들은 처절한 다툼 끝에 안정을 찾지만, 본래 가지고 있던 동물성은 모두 소진되고 땅에 고착된 수동적인 식물이 된다. 식물이 동물성을 잃고 식물로 변하는 과정은 야생성이 소진된 채 순응적 존재가 되는 도시인처럼 보인다.

"바람 속 무수한 형상들/ 서정도 광포도 음란도 하나의 이름일 뿐// 바람은 오늘도 이름 하나를 얻을 것이다"(「바람 속에서 태어난」)에서처럼 권력이란 감정과 광포함과 음란 등에 구속된 존재의 욕망 충족에 지나지 않는다. 사람들은 자신이 주체적인 삶을 영위하고 있다고 여기지만, 천세진 시인이 보기에 지상의 모든 것들은 공중의 보이지 않는 줄에 의해 조종되는 "흔들리는 모빌"(「매달려 흔들리는」)에 지나지 않는다.

천세진 시인은 거대 도시라는 사막화를 겪기 이전의 세계, 즉 시원始原의 세계가 회복되기를 꿈꾼다. 우리는 욕망의 수직 공간에서 죽은 언어를 사용하고 시계시간에 충실하게 복무하다가 소멸하는 존재이기 때문이다. 그는 도시사막의 시간과 공간을 초월하는 상상력을 펼친다.

위대한 그리오가 가리킨 곳으로 오래 걸어갔다 세상의 모든 근원들이 흘러든 거대한 샘이 있다고 했다 무수한 실개천을 만났다 같은 곳을 향하여 서로 다른 얼굴로 흐르고 있었다

두 개의 바위틈을 지나 청춘을 찾은 뱀이 지났던 길로 온 개천은 질펀한 땀내와 밤꽃 향 가득했다 얼음과 눈, 진눈깨비가 버무려진 변방을 흘러온 개천은 남의 땅에서 죽은 전사자들의 인식표를 가득 품고 있었다

향수와 화장품을 덕지덕지 바르고 절벽과 마천루에서 떨어진 비명을 챙기고 예술과 폐기를 구별할 수 없는 고물상을, 사막의 돌무더기 사이를 나무숲 사이를 지나온 개천

습지를 지나온 개천은 개구리들을 미처 떼놓지 못했다 실려온 개구리들은 샘이 가까워지자 혼인철이 아닌데도 정

신없이 울어댔다 독초들 사이를 흘러온 개천도 있었다 물맛
은 썼고 물을 마신 이들은 너나없이 몸이 튼실해졌다

마침내 샘에 도착했다 너무 깊고 넓어 끝이 보이지 않았
다 세상 모든 곳으로부터 모든 시간으로부터 흘러든 실개
천들이 샘을 이루고 있었다

위대한 그리오는 누구도 샘의 정수를 맛볼 수 없으리라
했다 냄새도, 색도 알아볼 수 없을 것이라 했다 실개천들
은 생겨난 곳의 맛, 냄새, 색 어느 것도 잃지 않았다 하나
도 섞이지 않았다

샘물을 떠낸 바가지에 몇 개 실개천이 담겼다 정수를 마
시려 이리저리 휘저어 뜨면 좀 더 많은 출처와 시간의 실개
천이 담겼다

　　　　　　　　　　　　　　　　　　—「거대한 샘을 찾아」 전문

역사는 집필자의 이념과 가치관에 의해 선택과 폐기라는
과정을 거쳐 기록된다. 반면에 문학은 지난한 지상의 삶을
견인함으로써 작은 존재를 빛낸 사람들을 기록한다. 문학
은 인간의 삶을 가감 없이 담아내는 기억의 매개라고 말할
수 있다. 「거대한 샘을 찾아」의 "위대한 그리오"는 어떤 구
분이나 경계 없이 서로 다른 존재들이 간섭하거나 간섭 받
지 않고 함께 어우러져 흐르는 '인간들의 이야기'를 온전하

게 기억하는 강물이다. 사람들은 각자 고유한 존재들이다. 그들은 자신만의 고유한 모습을 간직한 채 흐르다가 거대한 종착지에 이르게 된다. 종착지는 죽음의 순간이자 영원한 시간이 흐르는 곳이다. 그곳은 "누구도 샘의 정수를 맛볼 수 없"으며 "냄새도, 색도 알아볼 수 없"다. 고유하고 빛났을 누군가의 삶과 죽음은 쉽게 평가하거나 해석하기 어렵기 때문이다. 시인은 「한 여인이 오래도록」에서 신화적인 여인의 요소와 반복되는 시간이라는 요소를 빌려와 "지나간 것들의 얼개/ 다가온 얼개/ 다가올 얼개", 즉 과거와 현재와 미래로 흐르는 시간과 그것의 반복성에 대해 노래한다. 세상의 얼개를 짜는 여인은 시간을 상징한다. 흐름과 그것의 반복은 곧 순환이다. 순환하는 시간의 영원함은 유한한 시간과 공간에서 인식하는 우리의 시간과 공간을 초월하는 의식이다.

천세진 시인은 그림자들의 도시인 현재적 시·공간을 초월하여 시원의 세상을 회복할 수 있는 일말의 희망을 '불경不敬의 사원'에서 발견한다.

불경不敬의 경전을 달달 외는 아이들이
경전을 해석하자
콘크리트 벽에 시체 향의 꽃이 피고
물고기가 땅 위를 걷는 아가미를 갖고

경전을 달달 외는 데 탁월한 아이가

소매 속에서 불경의 검은 비둘기를 꺼내자
아이들이 일제히 환호하고
불경의 슈퍼스타가 탄생했다

불경의 스타와 팬들은
안과 밖의 형식을 뒤집은
누드김밥을 사랑한다
내용물이 바뀌지 않았다는 사실에 대해서는
불경의 스타도 팬들도 그들을 혐오하는 세대도
전혀 문제 삼지 않는다

누드김밥은 여전히 김밥이지만
형식을 원래로 되돌리면 팔리지 않는다
불경은 누드김밥
불경의 스타와 아이들이
김에 거꾸로 달라붙어 놀고 있다

형식을 뒤집은 것만으로는
패업을 도모할 수 없지만 불경은 혁명

불경의 경전을 달달 외는 아이들
이전의 모든 것을 폐하려는 아이들
불경의 슈퍼스타가 손에 손잡고

룰루랄라 누드김밥 먹으러 간다

—「누드김밥−불경不敬의 스타」 전문

불경不敬의 사원은 사막도시에 사는 아이들에 관한 이야기이다. 그곳의 아이들은 자기들의 나라에서만 통용되는 교리인 불경이라는 경전을 따른다. 천세진 시인은 사막도시의 아이들, 특히 폭력에 노출된 아이들에 대한 연민을 갖는다. 동시에 그는 그들에게서 기존 질서에 길들여지지 않는 힘을 발견한다. 사막도시에서 받아들이지 않은 불경한 존재들은 시인의 시적 자아가 벗어나고자 하는 사막도시에 아직 길들여지지 않은 존재들이기도 하다. 시인은 아이들에게서 사막을 건널 수 있는 일말의 희망을 발견한다. 사막도시에서 살아남기 위해 가면을 쓰고, 수많은 표정을 준비해야 하는 사람들과 달리 불경의 아이들은 자신의 감정을 위장하거나 감추지 않고 있는 그대로 드러낸다. 아이들은 외부의 평가와 시선이 어떠하든, 독자적으로 자신의 삶을 시작하는 존재들이다.

「난독難讀의 날−불경不敬의 스타」에서 잘 나타나 있듯이 아이들의 불경은 그들에게 가해진 외부의 폭력성에 기인한다. 따라서 불경의 경전은 폭력의 경전이며, 폭력에 의해 반복되고 증식되는 것이다. 가난과 폭력적인 아비를 가진 아이는 불경의 마음을 지닌 채 또 다른 불경한 존재들을 만난다. 그래서 불경공화국이 탄생한다. "담배 한 모금을 길게 빨고 담배 끝이 한껏 붉은 빛을 토할 때 불경의 공화국의 국인을 아이콘을 돌아가며 팔뚝에 새겨 넣었다"(「그들의 국인國印-불경不敬의 스타」)에서처럼 가정과 지역과 나라에서 보살피지 않는 아이들은 스스로 자신들의 나라를 세운다. 거대한 사막도시에서 아직 길들여지지 않은 불온한 나라를 세운다. 그러나 언젠가는 불경의 아이들도 사막에서 생존하기 위해서 불경함을 내려놓아야 할 것이다.

> "돌아가면
> 이야기해줄게.
> 모든 것을.
> 이 모든 것을."이라고 말하다니
>
> 어떻게 그럴 수 있단 말인가
> 여행을 마치고 돌아오는 중에
> 타흐리르 광장의 군중을 겨눈 총구가
> 굶주린 아기가 몰아쉬던 마지막 숨을 지켜보던 독수리가
> 절규하는 아비의 품에 안긴 저격당한 소년의 고개가
> 어떻게 그냥 멈추어 있을 것이라 생각할 수 있단 말인가
> —「모든 것을 말하다니」 부분

천세진 시인이 꿈꾸는 문학은 그가 "돌아가면/ 이야기해줄게./ 모든 것을./ 이 모든 것을."(비스와바 쉼보르스카의 시 「언니에 대한 칭찬의 말」, 최성은 역, 『끝과 시작』, 문학과지성사, 2007)에서 차용한 시구에 잘 나타나 있다. 「언니에 대한 칭찬의 말」에

서 비스와바 쉼보르스카의 화자는 시를 쓰지 않는 "우리 언니는 입으로 제법 괜찮은 산문을 쓴다."라고 노래한다. 아직 언어화 되지 않은 사실들, 아직 전해지지 않은 이야기일 때, 그것은 본래의 온전함을 잃지 않은 상태이다. 천세진 시인이 "모든 것을 말하다니"라고 감탄 혹은 탄식일 수 있는 마음을 드러낼 때의 심정은 무엇이었을까? 위의 시에서 시인이 차용한 텍스트는 비스와바 쉼보르스카의 시구, 2011년 이집트혁명, 케빈 카터의 보도사진 〈독수리와 소녀〉, 이스라엘군의 총격을 맞은 팔레스타인 소년과 아버지에 관한 뉴스 등이다. 이들은 어떤 상황을 전달하는 각각의 매개체, 즉 '언니의 말'과 보도사진과 뉴스라는 각기 다른 전달 방식을 보여준다. 그러나 아직 언어화하여 전달하지 않은 '언니의 말'을 제외하면 포착의 순간에 인위적으로 영원성을 부여한 사진이거나 화려한 수사로 실제를 변형한 것에 지나지 않는다. 외부 텍스트를 차용함으로써 시인은 '아직 전해지지 않은 말', 즉 언어화 이전의 시, 본래의 것을 왜곡하지 않은 시를 갈망하고 있다.

천세진 시인의 첫 시집 『순간의 젤리』에는 행복한 감정이 빛나는 시구가 있다. 그것은 "보리밭 밟으러 갔네/ 들뜬 흙들을 밟을 때 나는 소리는/ 세계와 세계가 만날 때의 소리 같았네"(「보리밭 밟으러 갔네」)인데, 시인은 여기에서 세계와 보리 싹이 만나는 따뜻한 시간 속으로 들어가 의미가 고정되지 않는 감정과 사유를 펼친다. 보리밭에 발을 디디고 서 있는 화자는 세상과 그곳에서 통용되는 언어가 허구에 불

과하다는 것을 발견하고 언어에 갇히지 않은 시를, 사막도
시의 시간과 공간을 넘어서 울려 퍼질 사유를 꿈꾸는 시인
자신이다.